Almut Tina Schmidt

In Wirklichkeit

Roman

Literaturverlag Droschl

Ich wollte nach Antwerpen reisen, ich brauchte nur noch einen Vorwand. Recherchen für mein Buch oder ein Vorstellungsgespräch, das bot sich an, aber dieses Buchprojekt, all diese Gespräche hatten mir zu oft schon als Vorwand gedient, ich war es müde. Warum musste es Antwerpen sein. Ich hatte fünfzig gute Gründe, nach Amsterdam zu fahren, nach Kalkutta oder Cardiff. Aber Antwerpen.

Ich konnte meinen verschollenen Freund anführen. Den habe ich schon überall gesucht. Ich konnte eine Freundin erfinden, sie könnte ein Kind haben, ein kleines Kind, das ich sehen wollte, das ich hüten sollte, während einer Bildungsreise, während eines Ehekrachs, während einer Blinddarmoperation; auch wenn es in Antwerpen sicher genug Leute gibt, die nichts Besseres zu tun haben, als sich um kleine Kinder zu kümmern.

Ich konnte behaupten, die Fahrkarte bei einem Preisausschreiben gewonnen zu haben. Da bliebe mir nichts übrig als wegzufahren. Ein guter Grund. Ich nehme an jedem Preisausschreiben teil, nur um mir nicht selbst ein Auto oder Tickets für eine Weltreise kaufen zu müssen, denn ich weiß nicht, wozu ich ein Auto oder eine Weltreise brauchte. Allerdings hat mir das Glück noch aus keiner Verlegenheit geholfen. Es hat mir nur weitere beschert, wenn ich beim Entsorgen unwillkommener Gewinne wie Plüschlöwen und Kosmetikkoffer voll Haarlack oder beim Einlösen von Einkaufsgutscheinen Bekannte getroffen habe und neue Ausflüchte finden musste.

Ich bin niemandem Rechenschaft schuldig. Tatsächlich verlangt selten jemand Rechenschaft von mir, weil sich Menschen füreinander nicht interessieren. Aber ab und zu müssen sie jemanden quälen, und dann fragen sie mich nach meinen Reisezielen. Ich hasse es, ehemalige Klassenkameraden, die ich zufällig beim Umsteigen treffe, ohne durchdachtes Konzept zu belügen. Selbstverständlich ist mir das noch nie passiert.

So oft begegnet man Schulfreunden nicht. Einen habe ich nach vielen Jahren am Rand eines Hafenbeckens getroffen; er hat mich nicht einmal erkannt. Aber da es ihm augenscheinlich nicht gut ging, durfte ich die Gelegenheit nicht versäumen und habe ihn angesprochen. Er kam sofort zum Wesentlichen, er wollte wissen, zu welchen Leuten von früher ich noch Kontakt hätte – zu niemandem, ich täusche, wenn ich die Stadt verlassen möchte, zuweilen Klassentreffen vor, doch ich habe meinen Schulkameraden nicht einmal meine Adresse gegeben; wenn ich ehrlich bin, diente mein letzter Adressenwechsel sogar ausschließlich dazu, meine Spuren zu verwischen, meine ehemaligen Mitschüler haben sich bereits in einem Verein organisiert, das habe ich zumindest dem Makler erzählt, der Verständnis hatte und mir eine so helle und große Wohnung vermittelte, dass die neuen Räume für sich sprachen und niemand nach dem Grund meines Umzugs fragte. Ich habe also ein schönes Leben und brauchte mich vor meinem Klassenkameraden nicht zu schämen. Nach einer knappen Stunde, während der er – mühsam, sein Gedächtnis ließ ihn gelegentlich im Stich – Missgeschicke aus dem Leben derjenigen aufzählte, die er noch kannte, kam er auf die anstehende Verbesserung seiner Lebenssituation zu sprechen. Er erwarte viel vom laufenden Jahr. Seit unserem Abitur habe er Michail Gorbatschow und Jörg Kachelmann kennengelernt. Leider habe sich seine Bronchitis chronifiziert. Ich hätte sicher bemerkt, dass er nach Hustensaft rieche. Zum letzten Klassentreffen habe er nicht kommen können; er sei mit seiner Existenzgründung beschäftigt gewesen. Ich solle ihm seinen Aufzug nicht übelnehmen. Er wolle nicht auffallen. In dem Kasten auf seinem Rücken sei nur seine Tuba. Doch er übe schon lange nicht mehr.

Aber das wollte ich gar nicht hören. Auch wenn ich damals noch nicht auf der Suche nach einem Vorwand für Antwerpen war, hatte ich Stress, durch die häufigen Umzüge – aus rein akustischen Gründen; all diese Abhörgeräte – und durch die Studie, die ich gar nicht schreiben müsste; trotzdem ist es beunruhigend, etwas Angefangenes nicht zu Ende zu bringen. Und es hat mir immer soviel Spaß gemacht. Ein einziges Erfolgserlebnis, diese Recherche. Niemals sonst war ich so viel unter Leuten. Ich brauche Ruhe, sagte ich, Imageschäden auskurieren. Ich sei da auf einem guten Weg. Tag und Nacht verbrächte ich im Internet. Das sei das Richtige für mich. Er solle das auch versuchen. Man vergesse sich. Dabei sei ich eigentlich dabei, eine Firma aufzubauen, Versicherungen gegen Fehlinformation durchs Internet zum Beispiel. Ich verspräche mir viel davon. Aber in Wirklichkeit suchte ich im Netz doch nur nach meinem verschollenen Freund.

Er hörte nicht zu. Er wolle alles tun, um zum nächsten Klassentreffen zu kommen, da könnten wir reden, Erfahrungen austauschen, Duos spielen – falls ich das gewesen sei, mit dem Fagott.

Wenn ich einem Menschen wie ihm erzählte, dass mich der Hunger nach Antwerpen triebe, es wäre ihm egal. Niemand will meine Vorwände hören. Ich könnte Schulfreunde, Studienkollegen und Zugbekanntschaften mit aller Kunst belügen, und wenn wir uns durch einen unwahrscheinlichen Zufall jemals wiedersähen, drei Monate später in Quito, wo wir alle nichts zu suchen haben, fragten sie höchstens: Und wie war's in Den Haag? Meine alten Klassenkameraden haben schon Probleme, die Übersicht über ihre eigenen Terminkalender zu behalten. Und niemand runzelte die Stirn, wenn ich ein Blind Date vorschöbe. Alle Welt hat Blind Dates, da ist nichts dabei, ich bin die einzige, die noch kein Blind Date hatte, mit Ausnahme einer Schulfreundin, die gleich nach dem Abitur geheiratet hat, und das ist auch das letzte, was es von ihr zu berichten gibt, denn seitdem hat sie jedes Jahr ein Kind bekommen. Sie hat mir noch geschrieben, dass sie tun werde, was sie schon immer tun wollte, wenn sie jemals Zeit dafür haben sollte, bis sie auch zum Briefeschreiben keine Zeit mehr hatte.

Von solchen Problemen durfte ich nur träumen. Kein dringender Termin erwartete mich in Antwerpen, ich konnte mir Zeit lassen, bis sich zu Haus eine unangenehme Verpflichtung ergäbe, der es sich durch eine Fahrt nach Antwerpen zu entziehen lohnte. Je unangenehmer die Verpflichtung, desto eher brauchte ich allerdings einen guten Vorwand.

Leider konnte ich Tante Agnes nicht mehr verwenden. Lange war sie mein bester Vorwand für alles gewesen, was nicht lief und nicht ging und nicht möglich war, aber damit war es vorbei. Und alle wussten das, denn zu ihrer Beerdigung hatte ich gleich mehreren Examensfeiern, Hochzeitsfesten und sogar einer Taufe entkommen können. Meine anderen Tanten sind noch lange nicht gebrechlich, außerdem lehnen sie allzu häufige Besuche ab, zumindest Tante Barbara, die dem Eindruck vorbeugen will, ich lebte nicht endlich mein eigenes, tantenfernes Leben; Tante Cecilie äußert sich, wenn ich überhaupt etwas von ihr höre – kein Zweifel, sie lebt ihr eigenes Leben, sie lebt so ziemlich alles aus, wofür sich eine Selbsthilfegruppe finden lässt –, dahingehend, dass es ihr egal sei, ob ich komme oder nicht.

Also blieb ich zu Haus, ich saß in meiner Wohnung, ich wusste, wohin ich wollte; aber ohne Vorwand wollte ich gar nichts.

Meine Nachbarn wundern sich nicht, wenn sie tagelang nichts von mir hören außer den Stimmen, die man aus Rundfunk und Fernsehen kennt; sofern sie denn außerhalb der Wohnung zu vernehmen sind. Das Haus, in dem ich wohne, ist ruhig. Meine Nachbarn nicken mir zu und wünschen mir einen guten Tag, aber niemand stellt Fragen. Meine Nachbarn leiden unter

einem großen Mangel an Neugier. Nicht einmal die üblichen Belanglosigkeiten interessieren sie, sie wollen nicht wissen, woher ich komme, was ich arbeite, wieviel ich verdiene, ob ich einen Freund habe und was Orson Welles mir bedeutet.
Sie selbst geben gern Auskunft, ungefragt reden sie über ihr Befinden und übers Wetter, sie nehmen an Meinungsumfragen teil, lassen sich von Abgesandten des Statistischen Bundesamts ausfragen und scheinen sich nicht dafür zu schämen, nichts zu verbergen zu haben. Auf meinem Weg zum Briefkasten – ich wollte nur nachschauen, ob ein Wochen zuvor angekündigter Brief aus dem Ausland endlich eingetroffen war – hörte ich im Stockwerk unter mir eine Nachbarin betonen, dass sie ohne warme Mahlzeit nicht durch den Tag käme, sie habe das immer schon so gehalten, mindestens einmal am Tag, natürlich selbstgekocht, und immer häufiger sogar zweimal, mit Tiefkühltruhe sei das möglich, das verführe dazu, zweimal am Tag zu kochen, aber warum nicht, ihre Mutter habe einen ebenso reizbaren Darm gehabt, die könnte jetzt noch am Leben sein. Außerdem sei Kochen ein Akt der Liebe. Auch wenn man es nur für sich selbst tue. Und der Mensch brauche auch Cholesterin. Sie hörte nicht auf zu reden auf ihrem Treppenabsatz, und so holte ich, nachdem ich eine Weile vor meiner Tür gewartet hatte, aus der Wohnung noch eine Tüte Restmüll, damit es nicht so aussah, als ob ich zum Mithören durchs Haus streifte.
Der Gesprächspartner meiner Nachbarin warf mir einen desinteressierten Blick zu, als ich vorbeiging. Ein Mann in grau, mit Mütze und Umhängetasche. Er kam mir bekannt vor, aber wenn man die Menschen nicht zu genau betrachtet, sehen alle gleich aus. Meine Nachbarin erzählte ihm gerade, wie nett die Hausgemeinschaft sei. Alles lasse sich klären. Nachbarn, die zusammenhalten. Durch dick und dünn. Ruhige Leute.

Ich wusste von dieser Frau nur, dass sie einen Dackel gehabt hatte, bis in einer neuen Hausordnung Tiere verboten worden waren. Sie schien besser informiert zu sein und holte, als ich im Stockwerk unter ihr verschwand, weit aus zu einer umfassenden Darstellung sämtlicher Hausbewohner und ihrer Beziehungen untereinander.
Daher wunderte ich mich, als ich sie bereits auf meinem Rückweg von den Mülltonnen allein im Hauseingang traf. Sie starrte ihren Briefkasten an, hatte jedoch den Briefkastenschlüssel nicht zur Hand und konnte deshalb nur mit Mühe vortäuschen, wegen der Post nach unten gelaufen zu sein. Tatsächlich wartete sie nicht einmal, bis ich festgestellt hatte, dass für mich kein Brief gekommen war, sondern sprach mich sofort an. Ich habe da ein dummes Gefühl, sagte sie mit ihrer chronisch gepressten Stimme. Ich fürchte, ich habe zuviel erzählt.
Ich wollte freundlich sein und sagte: Das kann passieren.
Aber dieses Haus wird überwacht! Sie war so aufgeregt, dass sie mir nicht einmal Zeit ließ, mir auszumalen, wie unser Hausbesitzer Detektive durch die Etagen schickte, um der Tierhaltung im Verborgenen vorzubeugen. Sie kam näher, sie flüsterte mir ins Ohr, heftig atmend, sie pustete mir Haare ins Gesicht: Was ich alles über Sie erzählt habe!
Was wissen Sie schon über mich?, fragte ich.
Sie wohnen doch direkt über mir, erst seit kurzem, aber mein Mann war noch am Leben, als Sie eingezogen sind, und Sie waren unterwegs, als mein Mann gestorben ist. Meine Tochter hat sogar gefragt, wer da oben denn jetzt wohnt. Die habe ich seitdem auch nicht mehr gesehen. Wissen Sie, es ist nicht einfach, alles richtig zu machen. Ich hatte es mir immer vorgenommen. Vielleicht war das der Fehler. Jetzt habe ich nicht einmal mehr meinen Engelhard.
Hat sich dieser Mann nach mir erkundigt?, unterbrach ich sie.

Ach nein, mit keiner Silbe. Aber man kennt doch diese Sorte Mensch. Die fragen nichts. Die lassen einen von selbst ins offene Messer laufen. Auf einmal hat man sich verplappert. Das geht so schnell.
Ich nickte.
Den habe ich hier schon mehrmals gesehen, flüsterte meine Nachbarin weiter, als er wusste, was er wissen wollte, leider weiß ich nicht mehr, was, ist er verschwunden. Vielleicht ist er schon in Ihrer Wohnung.
Was sollte er da wollen?
Begreifen Sie denn nicht: er weiß jetzt alles über Sie. Meine Nachbarin berührte mit ihren Lippen inzwischen mein Ohr und fuhr fort, mich, immer lauter flüsternd, in ihre höheren Geheimnisse einzuweihen. Ich ertrug sie – wie wahrscheinlich der mutmaßliche Agent kurz zuvor auch – nicht länger, aber das wollte ich ihr – wie der mutmaßliche Agent kurz zuvor wahrscheinlich auch – nicht sagen, und deshalb murmelte ich etwas von Apotheke, nur Apotheken haben diese Aura von Dringlichkeit und Unvermeidbarkeit, Apotheken entschuldigen alles, irgendeine Apotheke hat auch immer geöffnet. Zum Beweis für meine Medikamentenkaufabsicht zog ich vorsorglich mein Portemonnaie aus der Hosentasche. Meine Nachbarin wich zurück, als wollte ich ihr gleich Psychopharmaka verabreichen. Doch ich lächelte nur und wiederholte: Tut mir leid, Apotheke. Und ich verließ das Haus. Draußen drehte ich mich um und sah zu meiner Wohnung hinauf, nur kurz, nur um nachzuschauen, ob kein Fenster offenstand.
Auf der anderen Straßenseite sah ich einen Obdachlosenzeitungsverkäufer stehen, einen Mann mit dunklem Anorak und schwarzer Mütze. Schnell verstaute ich mein Geld, das ich leider immer noch, reichlich demonstrativ, wie es mir jetzt vorkam, in der Hand hielt, wieder in der Hosentasche und versuchte nicht hinüberzublicken. Doch er winkte mit einer

Zeitung, dann zog er aus seiner Tasche ein zweites Blatt, und ich wusste, woher ich ihn kannte. Vor meinem letzten Umzug hatte sich sein Verkaufsstandort ebenfalls in meiner Nähe befunden, und auch dort hatte er versucht, mir neben seiner Zeitung eine weitere Publikation, nämlich das Vereinsorgan meiner Schulkameraden, zu verkaufen. Er war, so hatte er mir bei unserer ersten Begegnung versichert, auf meine Schule gegangen, zwei Jahrgangsstufen über mir. Dass ich mich an sein Gesicht nicht erinnern konnte – und die einzigen Gesichter, an die ich mich erinnern kann, die ich über viele Jahre hin gezwungen war, kennenzulernen wie keine Gesichter sonst auf dieser Welt, sind die meiner Mitschüler –, erklärte er mit seinem persönlichen Elend seit dem Schulabschluss. Er sei Klassenbester gewesen, damals. Ich wollte seine Gefühle nicht verletzen, deshalb habe ich es nie übers Herz gebracht, ihm Geld zuzustecken oder eine seiner Zeitungen zu kaufen, obwohl er zumindest eins von beidem erwartet haben dürfte und meine Rücksichtnahme auf seinen Stolz als ehemaliger guter Schüler meiner Schule nichts als Gemeinheit ist, die ich zusätzlich mit einem Lächeln von gleich zu gleich garniere. Ich gab mich auch diesmal herzlich und zwang ihn so, ebenfalls zu tun, als freue er sich mich zu sehen in all meiner Knausrigkeit. Wie jedesmal wollte er wissen, mit wem von den alten Leuten ich noch in Verbindung stünde – mit niemandem, schließlich hatte ich meinen Namen geändert, mir eine geheime Telefonnummer geben lassen und mich seit dem Umzug auch sicher gefühlt, bis zu diesem Moment. Er war wie jedesmal gut informiert und erzählte heiser von Flops, Pleiten und Kündigungen, gescheiterten Prüfungen, geplatzten Hochzeiten, von Suizidversuchen, Hörstürzen, Waschzwängen und Fehlinvestitionen, von Knorpelfetischismus, Kaufsucht, Anlagebetrug, Mobiltelefonphobie, Prostitution, Helferkomplex und Selbstverstümmelung, von Ehrgeiz, Eifersucht, Neid, Torschlusspanik, Angst vorm Erfolg und Burnout-Syndrom, und wir merkten wieder einmal, was uns beide verband: Glück und Pech waren Zufall, aber wir waren wenigstens normal.

Nicht normal allerdings war sein übersteigertes Interesse an Wohnorten, an Ländern, Städten, Dörfern, an Adressen überhaupt. Falls du aktuelle Daten brauchst, sagte er, ich kann dich mit Informationen versorgen. Jemand muss sich doch kümmern. Es sind viele umgezogen in letzter Zeit.

Du hast anscheinend auch den Stadtteil gewechselt, sagte ich.

Ja, ich hatte dich länger nicht gesehen. Und es gibt ja auch Leute, die nett zu uns sind. Obwohl nicht alle kooperieren. Aber anderes zu erwarten, wäre Augenwischerei.

In diesem Augenblick fuhr ein Taxi vorbei. Ich nickte meinem Gesprächspartner entschuldigend zu, als hätte ich den Wagen erwartet, winkte, stürzte hinein und bat den Fahrer, mich zu einer Apotheke zu fahren, doch er weigerte sich, nicht ohne Grund, die nächste Apotheke war keine hundert Meter entfernt. Also sagte ich: Dann zum Hafen.

Was wollen Sie dort?

Bitte fahren Sie, sagte ich. Erst als der Obdachlosenzeitungsverkäufer hinter uns nicht mehr zu sehen war, hatte ich ausreichend innere Ruhe, um das Fahrtziel zu korrigieren: Zum Bahnhof. Und ich fügte, nachdem der Fahrer eine Weile provozierend geschwiegen hatte, hinzu: Ich will nach Antwerpen reisen.

Aha, sagte er, tolle Stadt – wenn man da Leute kennt. Anscheinend erwartete er eine Stellungnahme, aber mir fielen ausschließlich Vorwände ein, die ich von anderen gehört hatte, wie: ja, ich kenne dort jemanden, eine Freundin, deren Leben ich sortieren muss, ja, ich bin eine Art mobiler Eingreiftruppe, die anreist, um Wohnungen aufzuräumen, Männer rauszuwerfen, Strafanträge zu stellen, Baldriantee aufzubrühen, nächtelang Gespräche zu führen, Einweisungen ins Krankenhaus zu

veranlassen, Kosmetiktipps zu geben, Terminkalender zu entmüllen, Prioritäten zu setzen, Multimediaanlagen zu verschrotten, Karrieren zu forcieren, kaum jemand ist so beweglich wie ich und so gern bereit, Verantwortung zu übernehmen, ich mische mich ein, ich kümmere mich. Oder einfach: ich bin spontan, ich lasse alles auf mich zukommen, auch Antwerpen, oder: ich bin auf Diät und habe daher so schlechte Laune, dass ich mit Ihnen nicht reden kann, oder: ich habe mein Handy leise gestellt, will es aber trotzdem klingeln hören, deshalb seien Sie bitte ruhig. Ich kenne Leute, die sich damit Respekt verschaffen. Aus meinem Mund klingt so ein Vorwand wie ein Witz. Außerdem hatte ich mein Handy überhaupt nicht dabei, das lag zu Haus, und da lag es gut, denn ich brauchte ohnehin eine neue Nummer; es war nur noch eine Frage der Zeit, bis auch der letzte meiner Schulkameraden sie kannte.
Nein, für einen guten Vorwand – und um nur nicht auf meinen verschollenen Freund zu sprechen zu kommen – musste ich von einem Anlass erzählen, einer Feier vielleicht, der Verleihung eines europäischen Hörspielpreises zum Beispiel. Allerdings wird ein solcher Preis, soweit ich weiß, in Antwerpen nicht verliehen, und möglicherweise kannte sich der Taxifahrer mit belgischen Rundfunkstrukturen aus, vielleicht hatte er Freunde in der Antwerpener Radiokunstszene, wahrscheinlich wusste er sogar, welcher Hörspielpreis in Antwerpen doch verliehen wird, bei Radiokunst, gerade bei Radiokunst kann man nie wissen. Viele Menschen, von denen ich es nicht erwartet hätte, haben enge Beziehungen zum Hörspiel; sogar den Namen einer ehemaligen Klassenkameradin hatte ich – bevor Pferdewetten ihr einziger Lebensinhalt wurden – im Programmheft eines Rundfunksenders gefunden; dabei hätte ich Tontechnik nie für ihre Stärke gehalten. Ich schwieg. Ich antwortete dem Taxifahrer auch nicht auf die Frage nach meinem Gepäck.

Die Wahrheit konnte ich ihm nicht sagen: Ich wollte in Antwerpen ins Museum gehen. Es ist nicht leicht, das zuzugeben. Nicht dass das Museum nicht sehenswert wäre, aber die Reise ist weit. Und ich war für Antwerpen nicht richtig angezogen. Aber das fiel mir erst auf, als wir bereits den Bahnhof erreicht hatten.

Vielleicht war es übertrieben, dem Taxifahrer wegen seiner penetranten Fragen kein Trinkgeld zu geben, vielleicht hatte er höflich sein wollen, wahrscheinlich interessierte ihn weder Antwerpen, noch meine Lebensplanung, und sicher war er nur froh, dass ich kein Gepäck dabei hatte, und verschwendete keine weiteren Gedanken daran. Ich durfte mir nicht einbilden, Aufsehen zu erregen.

Tante Agnes hatte immer versucht, vor Privatdetektiven, von denen sie sich eifrig verfolgt wusste, eine gute Figur zu machen. Irgendjemandem meinte sie teure Überwachungsdienste wert zu sein; bis zum Ende ihres Lebens fühlte sie sich beargwöhnt und verdächtigt. Sie redete laut ins Telefon, damit den Wanzen nichts von ihren offiziellen Versionen entging. Wenn sie aus der Rolle fiel, tat sie das im Flüsterton. Auf Bahnhöfen muss ich immer an meine Tanten denken. Obwohl wir nie zusammen gereist sind, haben sie oft davon geredet. Aber jedesmal fehlte der Anlass oder die Zeit, es gab zu viele gute Gründe, zu Haus zu bleiben. Ich informierte mich über Verbindungen nach Belgien. Wenn ich schon am Bahnhof war, konnte ich auch nach Antwerpen fahren.

Der Zug war gut gefüllt, doch ich fand Platz in einem Abteil, neben einem sehr dicken Mann, gegenüber einem jungen Mädchen und zwei älteren Nonnen. Leider hatte ich nichts zu lesen dabei; so musste es zwangsläufig zum Gespräch kommen. Ich erklärte, dass ich bis Köln im Zug bleiben und dann nach Antwerpen weiterfahren wolle. Soweit ging alles gut. Die junge Frau holte ihren Terminkalender hervor und vertiefte sich in die kommenden Wochen, und die Nonnen begannen über Kleinstädte im Ostwestfälischen zu reden. Die kleinere Nonne hatte eine Vorliebe für Details wie Einwohnerzahlen und Kilometerabstände der Orte untereinander, über die die andere recht ruppig hinwegging. Sie zog es vor, die Menschen zu erwähnen, die sie bei ihrer Ankunft empfangen sollten, und ihre jeweiligen Funktionen in der katholischen Welt.

Ich hätte selbst gern einen Terminplaner zur Hand gehabt und bat das Mädchen, mir einen Zettel und einen Stift zu leihen. Ich darf nicht vergessen, aus der Kirche auszutreten, sagte ich zur Begründung. Es dauerte eine Weile, bis ich den Zettel erhalten, ihn mit der entsprechenden Notiz versehen und in meine Hosentasche gesteckt hatte. Ausreichend Zeit, um zu erklären, dass ich nur aus Rücksicht auf meine Tante Agnes bisher nicht aus der Kirche ausgetreten sei. Und jetzt sei sie tot, ich zahlte weiterhin meine Kirchensteuern und hätte fast vergessen, dass ich nur diesen Todesfall hatte abwarten wollen. Nicht dass Tante Agnes gläubig gewesen wäre, aber durch und durch protestantisch. Ein Kirchenaustritt sei für sie undenkbar gewesen. Ich lächelte die Nonnen beruhigend an: Selbstverständlich trete ich nicht aus Ihrer Kirche aus – so gern ich das täte, wenn ich es nur könnte. Und meine Tanten ebenfalls.

Die junge Frau forderte ihren Stift zurück. Die Nonnen strahlten Gelassenheit aus, bei der kleineren meinte ich sogar die Bereitschaft zu einem längeren Gespräch zu erkennen. Anscheinend war es mir gelungen, einen der wenigen Punkte anzusprechen, an denen sich unsere Horizonte berührten. Und so erzählte ich, wie meine Tanten, drei Schwestern in den allerbesten Jahren, die von klein auf zusammenlebten – so etwas gibt es noch, funktionierende Familienstrukturen, wenn auch nicht im Sinn des Erfinders; hier warf ich einen Seitenblick auf die kleine Nonne –, einem neuen Pfarrer bei seinem An-

trittsbesuch in ihrer Villa eröffneten, kaum dass er mit Kuchen und Kaffee aus Meißner Porzellan und ihrer geballten schwesterlichen Aufmerksamkeit versehen war: Aber wir sind nicht vom anderen Ufer; bedauerlicherweise. Für solche Momente, sagte ich, leben meine Tanten, beziehungsweise lebt meine Tante Agnes gerade nicht mehr. Die Hypochondrie hat ihr ein Schnippchen geschlagen.
Der fette Mann neben mir hustete, wandte sich aber, als wir ihm dafür Beachtung schenkten, schroff ab.
Meinen Tanten, sagte ich, ist nicht aufgefallen, dass sie den Pfarrer mit ihrer Offenheit nicht schockieren, sondern höchstens sein Mitleid erregen konnten. Für den Rest seines Besuch kam es ihnen umso mehr darauf an, die Form zu wahren. Niemand kann das so vollendet wie meine Tanten.
Die größere Nonne überging meine Äußerungen, die kleinere schwankte, ob sie mir weiterhin Interesse signalisieren solle, wandte ihre Blicke dann aber von mir ab, blickte ihre Kollegin im Glauben an und orientierte sich an deren Körperhaltung. Die junge Frau widmete sich ihrem Mobiltelefon.
Aber man muss das Aufsehen nehmen, wo man es erregen kann, und wo kann man mit so geringen Mitteln noch Aufsehen erregen; darin liegt doch die ganze Faszinationskraft von Religion. Und so ergriff ich wieder das Wort, ich vermied auch heikle Themen nicht: Sie wundern sich sicher, dass ich kein Gepäck bei mir habe.
Die größere Nonne sagte ruhig: Das wäre uns gar nicht aufgefallen, wenn Sie nicht darauf hingewiesen hätten. Die kleinere ergänzte: Auf so etwas achten wir doch nicht. Und sie sah stolz zu ihrer Kollegin auf.
Ja, sagte ich, ich weiß gar nicht, warum ich Ihnen das alles erzähle, aber schließlich weiß ich auch nicht, weshalb ich in diesem Zug sitze. Ich bin einfach eingestiegen und fahre weit weg, ich fahre ins Ausland, obwohl ich mein Gepäck zu Haus

vergessen habe; so überstürzt bin ich aufgebrochen. Aber ich bereue nichts.

Die größere Nonne streifte mich mit einem flüchtigen Blick, der zwar unendliche Geduld zeigte, aber auch, wieviel Geduld es erforderte, mein Gerede zu ertragen. Die Fingerspitzen der kleineren trommelten auf den Müllbehälter unter dem Fenster. Ein Baby plärrte auf einmal los, und interessanterweise zuckten auch die Nonnen zusammen. Nur die junge Frau schien das Geräusch gewohnt zu sein, und tatsächlich schrie da nur ihr Mobiltelefon. Sie nahm das Gespräch entgegen und begann eine Freundin – offenbar nach einem Vorstellungsgespräch – zu trösten. Als ob Vorstellungsgespräche nicht purer Vorwand wären, eine Chance zu verreisen, Leute kennenzulernen, vorgeben zu können, sich um die Zukunft, also um Geld zu kümmern; während das einzige, was junge Leute wirklich interessiert, die SMS-Frequenz auf ihrem Handy und ihr Stand in der Bestsex-Rangliste ist. Tatsächlich kamen die beiden schnell über das misslungene Bewerbungsgespräch hinweg und redeten über Parfums, über Musik und über Männer im Allgemeinen und Speziellen. Ich fand das geschmacklos angesichts der Nonnen, aber die ließen sich nichts anmerken außer etwas zu demonstrativ guter Laune, um hervorzuheben, dass sie die beste aller möglichen Lebensformen auch noch freiwillig gewählt hatten.

Am anderen Ende der Leitung kehrten Zweifel und Versagensängste zurück und begannen die junge Frau sichtlich zu langweilen, so dass sie nach einem letzten aufmunternden Gruß – es gibt Schlimmeres – das Telefonat beendete. Sie kehrte zu ihrem Terminkalender zurück, lächelte uns zuvor aber schwach entschuldigend zu; was ein Fehler war. Sofort ergriff ich wieder das Wort.

Was immer Sie planen, sagte ich zu ihr, nehmen Sie sich nicht vor zu tun, was Sie wirklich wollen. Sie können sich nur ent-

täuschen. Und versuchen Sie nicht, bis zu Ihrem dreißigsten Geburtstag Perfektion zu erreichen. Alle meine Klassenkameradinnen und Studienfreundinnen sind daran gescheitert, selbst nach den üblichen Fristverlängerungen um bis zu acht Jahre. Nur eine kenne ich, die hat alles erreicht, was sie wollte, sie hat sich nicht ablenken lassen auf ihrem Weg. Der Lohn waren ein Job, den andere auch gern hätten; eine Traumfigur und ein makelloses Gesicht – da kann ich Ihnen nur raten, lassen Sie keinen Chirurgen ran, das Ergebnis ist selten eine Verbesserung, und in Ihrem Fall könnte eine gute Kosmetikerin auch schon viel ausrichten –, sie war auf der Originalstrecke Marathon gelaufen und hatte Neuseeland gesehen, sie konnte ihr Fahrrad selbst reparieren und fand sich auf jeder Straßenkarte zurecht, ihr Raclette gelang immer, ihr Freund war gutaussehend und treu. Und? Vier Monate vor ihrem dreißigsten Geburtstag ist sie gestorben. Eine Systemkrankheit. Nichts zu machen. Dabei hat sie nicht nur vorbildlich erfolgreich, sondern auch ganzheitlich gelebt. Da waren alle Chakren gecheckt. Nicht einmal unter diesem ungesunden Hang zur Prominenz, der so viele umtreibt, hat sie gelitten; nein, sie wusste, was sie wollte. Nun gut, selbstverständlich war sie eine unerträgliche Zeitgenossin – soviel Perfektion erwartet dann doch niemand von sich.
Als ich der jungen Frau endlich Zeit ließ, selbst etwas zu sagen, gab sie mir zu verstehen, dass bei ihr alles stimme, sie müsse sich nur noch von der Schule erholen, dann sei sie jetzt schon perfekt.
Ich lachte ungläubig, durchaus angetan von soviel jugendlichem Charme. Kommen Sie sich, fragte ich die Nonnen, angesichts solcher Worte nicht auch alt vor?
Nicht dass ich ihre Aufmerksamkeit auf mein Alter lenken wollte, doch eine abwiegelnde beruhigende Höflichkeit dachte ich schon von ihnen erwarten zu können, eine kleine Andeu-

tung, dass ich im Vergleich zu ihnen beneidenswert jung sei – aber nichts. Nichts.

Vergessen Sie nie, sagte ich dem jungen Mädchen, niemand interessiert sich wirklich für Sie. Ganz gleich, ob Sie schaffen, was Sie wollen, oder nicht. Und ganz gleich, mit was für Klingeltönen Sie Ihre Umwelt belästigen.

Die größere Nonne lächelte. Sie brachte es fertig, derartig glühende Ungeduld im ganzen Abteil zu verbreiten, dass die Temperatur davon anstieg, selbst aber gelassen, beinahe mild zugewandt zu erscheinen. Dieses Phänomen erinnerte mich an meine Kindheit, und als ich der Nonne in die Augen sah, erkannte ich meine Grundschullehrerin.

Wenn das meine Tanten wüssten, dass ich am Ende doch von Nonnen erzogen worden bin. Sie waren von Anfang an gegen die Schule gewesen, und als Lehrerinnen wussten sie, warum. Aber es hätte seltsam ausgesehen, wenn ich nicht zur Schule gegangen wäre, meine Tanten meinten, man könnte sie verdächtigen, mich aus der Welt raushalten zu wollen. Sie dachten, ich gehörte unter andere Kinder. Dabei mochte ich schon als ganz kleines Kind keine Kinder. Doch ich kam in die Schule, auch wenn ich bis heute nicht begriffen habe, wozu. Meinen eigentlichen Unterricht hatten meine Tanten übernommen, in der Schule tat ich nur so, als lernte ich etwas, und meistens tat ich so, als lernte ich nichts, um mich bei meinen Klassenkameraden beliebt zu machen.

Erinnern Sie sich an mich?, fragte ich meine Grundschullehrerin, und sie sagte: Aber sicher, diese Kinder sind doch alle gleich.

Ich wollte sie fragen, wie ihr Leben seit meiner Grundschulzeit verlaufen sei, aber ihr Outfit ließ nur die eine Frage offen, wie sie zu diesem Outfit gekommen war, und in Anwesenheit ihrer Kollegin erwartete ich darauf keine glaubwürdige Antwort. Deshalb erzählte ich aus meinem Leben. Über meine Studie,

erklärte ich, rede ich nicht gern, ich habe alles gesagt, was ich dazu zu sagen habe, damit ist es gut.
Sie fragte mich nicht, ob ich mit meinen Klassenkameraden aus der Volksschule noch in Kontakt stünde, aber diese unausgesprochene Frage brachte mich in Bedrängnis. Mit allem hatte ich gerechnet, nur nicht damit, mich an meine Grundschulzeit erinnern zu müssen.
Leider, sagte ich, bin ich zu keinem Klassentreffen meiner Grundschule gefahren – ich habe allerdings auch nie eine Einladung bekommen. Ich weiß nicht einmal, ob es Klassentreffen auf Grundschulbasis überhaupt gibt.
Die Nonne sagte: Bitte entschuldigen Sie sich nicht auch noch. Doch ich fuhr fort: Ich habe sogar die Namen der meisten meiner Mitschüler aus der Volksschule vergessen. Selbst an Ihren Namen kann ich mich nicht erinnern; auch wenn der ohnehin nichts mehr zur Sache tut. Ich kann mich nicht um alle kümmern. Es gibt Wichtigeres im Leben als Klassenkameraden. Eine Zeitlang hat es naturgemäß auch mir Spaß gemacht zuzusehen, wie die anderen links und rechts neben mir gescheitert sind. Aber sie sind alle so durch und durch gescheitert, und unglücklich sind sie geworden, tief unglücklich, dass es selbst mir die Laune verdorben hat. Deshalb erspare ich mir wenigstens die Grundschule und all das Unglück, das aus ihr erwachsen ist.
Ich erinnere mich an die Namen aller Kinder, die ich jemals unterrichtet habe, sagte meine alte Lehrerin, erst vor wenigen Monaten war eine ganze Gruppe ehemaliger Schülerinnen bei uns im Kloster. Ja, sie besinnen sich.
Wir haben da ein Angebot, mit Entschlackung, fügte die kleinere Nonne hinzu, das zieht die Menschen an.
Die Welt ist klein, sagte ich, und voll unverhoffter Begegnungen. Überall Klassenkameraden, wo ich auch hinkomme, so viele waren wir gar nicht, wenn ich mich richtig erinnere, Sie

können sich nicht vorstellen, was ich schon unternommen habe, nur um ehemaligen Mitschülern aus dem Weg zu gehen.

Die junge Frau hatte während unseres Gesprächs alle Klingelzeichen, Piepstöne, Musikstücke und Geräusche durchprobiert, die auf ihrem Telefon gespeichert waren; jetzt ließ sie es sinken: Ich finde das furchtbar. Einfach unvorstellbar, später die alten Freunde nicht mehr zu sehen.

Jetzt war es an mir, geduldig zu lächeln: Sie haben es wirklich nötig, sich von der Schule zu erholen, sagte ich.

Der fette Mann neben mir stand auf, griff nach seinem Gepäck, nur eine Plastiktüte, und murmelte etwas von Aussteigen und Verspätung und richtige Station, und Durst habe er außerdem, der Speisewagen – er brach ab und verließ das Abteil. Die anderen blieben auf ihren Plätzen. Ich lockte die Nonnen mit Andeutungen, eigentlich sei ich auf einer Art Pilgerreise, und erwähnte Selbsthilfeerfahrungen, die ich nur vom Hörensagen kannte, aber statt zuzuhören, redeten sie wieder selbst. Sie fanden Gefallen daran, mich zu übertönen. Um das zu erreichen, sprachen sie phasenweise gleichzeitig, in einem melodisch aufeinander abgestimmten Singsang, was durch ihre unterschiedliche Tonhöhe – meine ehemalige Lehrerin hatte eine ungewöhnlich piepsige Sprechstimme, während die kleinere Nonne über eine solide Tiefe verfügte – nicht uninteressant klang; allerdings ging es immer noch um Einwohnerzahlen, Ankunftszeiten und um das Abendessen. Es war nicht auszuhalten.

Hören Sie auf, rief ich, es geht Ihnen doch nicht ums Abendessen. Sie wollen nur auffallen. Um in Wirklichkeit nicht aufzufallen. Wer weiß, was Sie alles unter Ihrem Rock transportieren.

Es ist nicht immer angenehm zu hören, was aus dem eigenen Mund hervorkommt. Doch hier war das ohnehin egal. Sie

mussten wissen, dass sie durchschaut waren. Ich redete weiter: Aber Sie haben sich verkalkuliert. Da wollen Sie radikal sein, doch alles, was Ihnen einfällt, ist das Hergebrachte; womit Sie auch noch im Trend liegen. Das ist ängstlich, das ist angepasst, das ist die bequeme Form des radikalen Lebens.
Als die Nonnen wider Erwarten – da hatte ich eine Durchsage falsch verstanden – am nächsten Bahnhof nicht ausstiegen, begann ich zu schwitzen. Das hat nichts mit Ihnen zu tun, versicherte ich der jungen Frau, Sie haben ja noch alle Chancen, ihr Leben auf originellere Weise zu vertun. So redete ich weiter drauflos, sollten sie von mir denken, was sie wollten. Das sagte ich ihnen auch. Beinahe hätte ich von meinem verschollenen Freund angefangen; aber davor verschwand ich besser aufs Klo.
Im Gang traf ich den fetten Mann wieder. Er hatte es nicht einmal für nötig gehalten, tatsächlich in den Speisewagen zu gehen, sondern saß im Gang auf einem der herunterklappbaren Sitze und leerte die Bierdosen aus seiner Plastiktüte. In dem engen Gang sah er so mächtig aus, dass ich es nicht lassen konnte, ihn genauer anzuschauen, so gern man einen solchen Anblick auch vermeidet. Sein aufgeschwemmtes Gesicht kam mir bekannt vor. Aber es dauerte doch unerwartet lange, bis mir klar wurde, dass ich es mit einem meiner Klassenkameraden, aus dem Internat, nicht aus der Grundschule, zu tun hatte. Er hatte mich längst erkannt, obwohl ich mein *Ich-ist-ein-anderer*-T-Shirt trug.
Ich gab ihm zu erkennen, wie erschrocken ich über die Entwicklung seiner Figur war, und fragte, wohin er unterwegs sei. Ich habe eine Netzkarte, behauptete er. Und du? Fährst du zum Vereinstreffen?
Ich bin nicht in diesem Verein, sagte ich, und habe keine Ahnung, wann und wo diese Treffen stattfinden. Aber du – bist du Mitglied?

Wie? Ich? Er blickte sich ängstlich um. Die würden mich gar nicht akzeptieren, flüsterte er, bei denen soll man doch was geworden sein.

Ich dachte an meine Klassenkameraden und musste lachen.

Mich kannst du nicht täuschen, sagte er bitter. Du hast schon damals, kurz vorm Abitur, verkündet, dich auf unser fünfundzwanzigjähriges Jubiläum zu freuen, dich zu freuen, alle wiederzusehen und zu erfahren, was aus ihnen geworden sei. Während ich nur an meine Führerscheinprüfung dachte, fünfmal war ich schon durchgefallen, natürlich habe ich das damals nicht erzählt; heute stehe ich darüber, mit meiner Netzkarte.

Darauf kommt es auch nicht an, sagte ich.

Er lächelte nachsichtig: Damals hat mich das beschäftigt. Mehr als mein Abitur, das im Gegensatz zu meinem Führerschein auch nie gefährdet war, wie du weißt, am Ende bin ich einer der Besten geworden, aber damals wollte ich es nur hinter mich bringen, ich dachte, danach fängt das Leben an, alles, was bisher war, wird in Bedeutungslosigkeit versinken, so habe ich gedacht; ich wusste bereits, was kommen würde, all diese Umwertungen, sehr früh schon habe ich das geahnt; was selbstverständlich auch nicht weiterhilft, es macht es umso quälender; aber auch das habe ich vorausgesehen – und du hast diese Bemerkung gemacht.

Ich kann mich auch daran erinnern, sagte ich, aber das war nicht ich.

Dennoch hatte ich Lust, weiter mit ihm zu plaudern, solange die Nonnen im Abteil saßen. Er antwortete allerdings auf keine meiner Fragen nach dem Kindersaxophon aus Plastik, das aus seiner Tüte ragte, nach sportlichen Hobbys, nach Körperfettanalysen und Jojo-Effekten. Gut, sagte ich, ich will nichts sagen, ich bin auch nur gescheitert; auf meine Art.

Na ja, man hört so einiges, sagte er.

Da musste ich dann doch aufs Klo. Mit schwachem Trost ließ ich ihn zurück: Auch das Glück hat seine Schattenseiten.
Als ich wieder ins Abteil kam, waren die Nonnen endlich ausgestiegen. Hoffentlich habe ich sie nicht vertrieben, sagte ich zu der jungen Frau.
Die fanden Sie ja noch amüsant, erwiderte sie verächtlich, ohne von ihrem Terminkalender aufzuschauen.
Ich lächelte über ihre Naivität: In Wirklichkeit haben sie gezittert vor Angst. Das waren doch keine Nonnen. Wirkliche Nonnen reden Sozialarbeiterslang oder Marketing-Deutsch, andere sind musikalische oder heilpädagogische Profis, und so klingen sie auch; knallhart. Diese Fetischistinnen dagegen –
Sie fragte nicht nach. Also musste ich sie aufklären. Es nimmt zu, sagte ich, das zwanghafte Tragen pseudosakraler Kleidung. Meist sind die Leute, die es danach verlangt, nicht einmal getauft.
Sie klappte ihren Terminkalender zu, würdigte mich aber immer noch keines Blicks. Stattdessen sah sie zum Gepäcknetz über ihr hinauf; es war vollgestopft mit einer Reisetasche aus hellem Leder und zwei Metallkoffern, einem großen Rucksack und weiteren Taschen und Beuteln. Und es schien sie nicht zu bekümmern, dass diese Gepäckmassen schon wieder zu authentisch wirkten. Sie fuhr in die Welt und hatte an alles gedacht, was brauchte sie sich noch Gedanken zu machen. Und ich konnte ihr egal sein.
Doch als sie ihren Blick wieder senkte, hörte ich sie sagen: Ich brauche Hilfe.
Es hat auch Vorteile, ohne Gepäck zu reisen, nickte ich.
Nein, nein, sagte sie. Die ganze Zeit warte ich schon darauf, dass wir in Ruhe reden können. Ich weiß nicht, an wen ich mich sonst wenden soll.
Ja, es ist nicht leicht, sagte ich, was so alles von Ihnen verlangt wird; aber das ist nichts als ein Generationenproblem. Sie ste-

hen damit nicht allein, alle jungen Leute fühlen sich überfordert, und zwar zu Recht, denn wie sollen Sie das alles schaffen; auch wenn Sie selbst vielleicht nur im Internet etwas werden wollen, erwartet die Welt von Ihnen trotz immer miserablerer Ausbildung Erfolg im Beruf, in möglichst selbstgeschaffenen Jobs natürlich. Und vermehren sollen Sie sich; zumindest nach den derzeitigen Demographiequoten; aber niemand verspricht Ihnen, dass die immer noch gelten, wenn Sie dasitzen mit Ihren Kindern. Nein, da brauchen Sie sich nicht zu schämen, wenn Sie scheitern; es ist programmiert.

Ich weiß, ich weiß, fiel sie mir ins Wort. Nur bei mir hat bisher alles geklappt.

Sie schüttelte sich. Ich schüttelte mich ebenfalls, was hoffentlich solidarisch wirkte. Sie erinnerte mich an eine meiner Klassenkameradinnen; sie hätte ihre Tochter sein können.

Begreifen Sie, alles ist mir gelungen, sagte sie, alles, die schwierigsten Zulassungsprüfungen, jedes Bewerbungsverfahren habe ich bestanden, jetzt steht mir alles offen, in allen Bereichen; dabei weiß ich längst, dass ich eigentlich scheitern müsste, das gehört zum Leben, menschlich ist das viel wertvoller als diese grauenhafte Perfektion; wie schaff ich es nur, richtig zu scheitern?

Das kommt, tröstete ich sie, je später, desto heftiger.

Das hoffe ich, murmelte sie. Ich brauche doch Erfahrung. Aber was ich bisher versucht habe; es wird alles immer nur besser.

Aber Sie sind doch auf der Flucht, also auf dem richtigen Weg, bemerkte ich.

Nein!, rief sie. Ich fahre nach Brüssel, ich mache ein Praktikum bei der Europäischen Union.

Sie konnte also nicht einmal Au-pair werden wie alle anderen auch.

Und dann beginnt die Karriere, und alles läuft so weiter, jammerte sie.

Und auch privat werde ich mir vor Glück nicht zu helfen wissen. Die Männer rennen mir nach.
Und zu diesem Problem erwarten Sie Auskunft von mir?, fragte ich möglichst beiläufig.
Oh, nein, nein, nicht dass Sie mich falsch verstehen; ich habe damit kein Problem – das ist ja eben das Problem. Alles läuft so glatt.
Ich nickte düster. Sie nickte düster. Ich durfte mir auf keinen Fall etwas anmerken lassen. Ich sehnte mich nach einer Tasche, einem Rucksack, in dem ich kramen, etwas suchen könnte. Sie hatte ausreichend Gepäck, doch sie nutzte es nicht. Starr und ernst sah sie mich an, und trotz aller Ratlosigkeit strahlte sie vor Ausgeglichenheit.
So fuhr unser Zug in Köln ein. Da ich – was für ein Glück auf einmal – mein Gepäck zu Haus vergessen hatte, musste ich vor der Weiterfahrt nach Belgien noch Einkäufe erledigen, schnell in die Apotheke, in eine Drogerie, zumindest eine Zahnbürste, etwas zum Anziehen, was – diese Möglichkeit deutete ich vorsorglich an – dazu führen könne, dass ich den direkten Anschlusszug verpasste.
In einem Kaufhaus in Bahnhofsnähe gab ich Geld für Sonderangebote aus, dann brauchte ich ein Taxi. Der Fahrer wollte wissen, was ich von Köln hielte, aber ich konnte nichts von Köln halten, weil ich es noch nicht kannte – abgesehen von dem, was man von Köln nun mal so kennt; außerdem interessierte Köln mich nicht, nur durch einen Unglücksfall sei ich hier gelandet; auf Nachfrage deutete ich verlorenes Gepäck, verpasste Chancen an. Der Taxifahrer sprang auf das Thema an und begann auf die Bahn zu schimpfen; über die Preise, über den Service; er ging ins Detail und berichtete minutengenau von allen Verspätungen, von denen er aus zweiter, dritter und vierter Hand in den vergangenen fünf Jahren gehört hatte. Am Ende musste ich ihn daran erinnern, dass nicht die Bahn

in seinem Taxi saß, sondern ich. Das brachte ihn zur Besinnung. Er fragte, woher ich käme, wohin ich ginge, was ich in Antwerpen vorhätte und wie lange ich dort bleiben wolle. Ich antwortete ohne Zögern, meine Vorwände klangen plausibel. Fast wäre ich übermütig geworden und hätte Beziehungen zu den ganz Großen im Internet angedeutet, aber ich nahm mich zurück. Ich fragte nach empfehlenswerten Lokalen. Den Treffpunkt der Kölner Hörspielszene konnte er mir nicht nennen, aber eine nette Kneipe.

Die nette Kneipe war bereits am frühen Nachmittag voller Kölner. Ein großflächig tätowierter Mann drängte sich an mich heran, drückte mich gegen den Türstock. Moment, sagte ich, Sie könnten mich zunächst wenigstens fragen, was ich von Köln halte.

Wie bitte?

Köln!, rief ich.

Du bist nicht von hier?, fragte er.

Ja, da fällt man auf. Nein, ich bin hier nur, weil ich jemanden suche, gestand ich, jemanden, der höchstwahrscheinlich gar nicht hier ist.

Er zuckte die Achseln. Der Druck auf meinen Oberkörper ließ nach. Ich fasste den Mann am Arm und schob ihn zur Seite.

Ich weiß natürlich, konstatierte ich schonungslos, dass Sie sich nicht mit mir unterhalten wollen, nicht mit mir speziell. Ihnen wär jede recht. Das weiß ich schon. Jetzt werden Sie das zwar leugnen, Sie werden sagen, dass alle Kölner offen sind, lockerer als andere, bereit, sich auf alle einzulassen; Sie werden sagen, dass die weniger Lockeren dieser Welt nur etwas brauchten, bis sie sich daran gewöhnt hätten, offen aufeinander zuzugehen, so locker –

Lass mich los. Ich wollte nur gehen, behauptete er, es ist mir hier zu laut, man versteht so schlecht. Deshalb bin ich zur Tür.

Netter Vorwand, sagte ich. Für einen Anfänger.

Er taxierte meine neu gekaufte Strandtasche, las sich an meinem T-Shirt fest, blickte mir ins Gesicht, als sei mir dort irgendetwas anzusehen. Ich versuchte, die Schrift auf seiner Brust zu entziffern. Eine Warze diente als i-Punkt. Der Mann schwitzte, und ich wunderte mich, weshalb die Schrift nicht verschwamm, obwohl ich wusste, dass sie nicht verschwimmen konnte. Nach einer Weile knöpfte er sein Hemd zu, bis ganz nach oben.

Aber bitte nicht meinetwegen, beschwor ich ihn. Gut, vielleicht mögen Sie es, keine Luft zu bekommen. Manchen Männern gibt das schließlich mehr als alles, was wir Frauen ihnen zu bieten haben. Wenn wir wüssten, dass ihr uns nur deshalb davonrennt, weil wir euch die Schlipse nicht eng genug binden.

Wer rennt davon?

Ich lächelte überlegen. Selbstverständlich liegt das Problem darin, dass viel zu wenige Menschen den Mut haben, wirklich zu rennen. Aber eigentlich sind wir doch alle am Davonlaufen. Von der ersten Annäherung an – ja, vor allem bei der Annäherung.

Jetzt kam er tatsächlich etwas näher und gab mir so Gelegenheit zurückzuweichen und zu quieken: Was wollen Sie von mir?

Aber das weiß ich ja, fuhr ich fort, als er nicht antwortete, Sie wollen nichts von mir, Sie verhalten sich rein reflexhaft, Sie können nicht anders. Wenn wir nur wüssten, wie wenig sich hinter eurem Verhalten verbirgt; das sind nur ein paar Hormone in Ihnen, die sich verpflichtet fühlen, mich zu belästigen – in Wirklichkeit sind Sie ganz weit weg. Und Sie wollen gar nicht näherkommen. Höchstens Blind Dates interessieren Sie – solange sie so blind sind, dass die Beteiligten nicht einmal ahnen, ein Date zu haben, und das jederzeit als Vorwand vorschützen können. Selbst eine Verabredung unter falschen Na-

men übers Internet ist Ihnen zuviel Verbindlichkeit. Ihr wollt doch immer auf der sicheren Seite bleiben.
Ich beugte mich vor, nun wich er zurück. Sehen Sie?, sagte ich. Aber das ist es leider auch, was euch anziehend macht: dass man an euch nicht rankommt.
Jetzt heuchelte er Aufmerksamkeit, zumindest rückte er wieder näher und reckte mir sein linkes Ohr entgegen. Doch ich ließ mich nicht beeindrucken. Ich merke, wann Männer nicht zuhören. Wahrscheinlich schaute er nur nach der Bedienung. Ich redete drauflos: Ja, wenn wir wüssten – aber natürlich wissen wir das alles, schließlich haben wir es von klein auf von unseren Tanten gehört; und auch, dass eigentlich alles ganz anders aussieht. Wir wissen, dass wir uns nur einbilden, wir kennten euch besser als ihr euch selbst, nur wir sähen, was wirklich in euch steckt. In Wirklichkeit lassen wir uns gern von euch überraschen. Was ihr leider viel zu selten tut. Ihr widersprecht uns nicht einmal – so egal sind wir euch.
Und tatsächlich hatte er sich inzwischen, ohne mich zu beachten, umgewandt und einem Kellner gewunken. Doch der übersah ihn, so dass er gezwungen war, hinter dem Kellner her, weiter in den Raum hineinzugehen. Ich folgte ihm – nur um ihm noch zu sagen, wie wenig auch mir an ihm liege und dass ich mit nichts anderem gerechnet hätte und wie schön es doch sei, Recht zu behalten; da war er bereits im hinteren Raum dieser Kneipe angekommen, im Raucherbereich. Hier war es noch voller als im restlichen Lokal. Der Mann setzte sich an den letzten freien Tisch, zog den Aschenbecher heran, holte Zigarettenschachtel und Feuerzeug aus der Hemdtasche; erst dann sah er sich wieder nach der Bedienung um.
Stattdessen entdeckte er mich, stutzte, strahlte übertrieben herzlich und lud mich mit einem Armwedeln ein, sich ihm gegenüberzusetzen. Entschuldigung, sagte er und winkte mit seiner Zigarette, bevor er sie in den Mund steckte und anzün-

dete. Langsam setzte ich mich. Er nickte und hielt mir sein Zigarettenpäckchen hin. Ich zögerte. Doch ich nahm und zerbrach schließlich nur eine.
Nun sah er mich endlich direkt an. Das Päckchen ließ er auf den Tisch fallen, die freien Finger schnappten nach den Zigarettenhälften. Was willst du von mir?, fragte er.
Nichts, sagte ich. Ich habe nur meine Medikamente nicht genommen. Mit denen wär ich jetzt nicht ich selbst. Ich lächelte. Er sah von den beiden Zigarettenhälften in seiner Hand zu mir hoch. Er verstand mich nicht. Ich war in Sicherheit. Also holte ich tief Luft, ich sog die Abgase all der Leute in diesem Raucherraum ein: Sehen Sie, sagte ich, nach dem Tod meiner Tante Agnes haben meine anderen Tanten lange herumgedruckst und schließlich behauptet, sie sei aus Liebe gestorben. Dabei steht zweifelsfrei fest, dass ein ärztlicher Kunstfehler die Ursache ihres Todes war.
Hm? Er stieß Rauch aus.
Außerdem, fuhr ich fort, hat Tante Agnes ebenso wie ihre Schwestern für Männer – mit Ausnahme ihres Vaters – wenig mehr als Verachtung übrig gehabt. Ohne sich selbst zu verachten; das muss ihnen erst jemand nachmachen.
Er blinzelte, saugte an seiner Zigarette und hob die Augenbrauen. Jetzt musste er etwas sagen. Er überlegte, wartete, zog an seiner Zigarette, streckte den Arm aus, fuchtelte mit der brennenden Zigarette vor meinem Gesicht herum, bevor er abaschte. Und rauchte weiter, schloss die Augen. Erst nach einer Weile blinzelte er wieder und nahm die Zigarette aus dem Mund. Weißt du, sagte er und wedelte mit einer Hand durch die Rauchwolke, die er in meine Richtung geschickt hatte, weißt du, Kumpels von mir leiten da ein Institut. Und dieses Jahr haben wir – zum Glück, kann ich nur sagen – endlich mal ein paar Events organisiert gekriegt. Ich komm gerade von so 'ner Matinee. Und es hat was gebracht. Früher oder später will

ich in die Dritte Welt ziehen. Dort ist man noch am Leben dran. Ich meine, worauf es ankommt. Die pure Existenz. Ich könnte da einiges auf die Beine stellen. Immer nur Spenden, das bringt es auf Dauer nicht.

Um auf meine Tanten zurückzukommen, sagte ich, ich habe mehrere Tanten, Sie wahrscheinlich auch – wobei Ihre Tanten selbstverständlich lockerer sein dürften; Kölner Tanten, lockere Tanten, Proletarierinnen eben, aber Proletarierinnen mit Geld. Die sind wirklich locker. Kaufen sich mal einen Polke, mal einen Rauch, und wenn Sie zu Besuch kommen und sagen: das kommt mir doch bekannt vor, dann lächeln Ihre Tanten: Ja, rat mal. Und sie freuen sich wie die Prinzessinnen. Zeigen das aber nicht. Locker. Und die Bilder – von Kölner Galeristen – sind selbstverständlich keine Fälschungen.

Er nickte und rauchte weiter vor sich hin.

Ich hob meine Stimme: An meinen Tanten dagegen ist nichts echt. Sie lügen. Immer und überall. Sogar wenn sie die Wahrheit sagen. Einige der Männer, die meine Tanten jeweils nach sehr kurzer Zeit wieder verließen, haben ihre hemmungslosen Schwindeleien als Fluchtgrund vorgeschoben. Aber wenn einen Mann jemals etwas an einer meiner Tanten fasziniert hat, dann war es diese Begabung vorzutäuschen, etwas Besonderes zu sein. Jenseits ihrer Verstrickungen in Lügengebäude sind meine Tanten langweilig wie nur wenige Menschen. Ich habe unter dieser Langweiligkeit immer gelitten, das will ich nicht verheimlichen. Wissen Sie, ich könnte Ihnen auch ganz andere Tanten präsentieren, aber das habe ich nicht nötig.

Wieder streckte er seinen Arm zum Abaschen weit aus und streifte beiläufig meine Hände. Ich zog sie weg. Unruhig sah er sich um, winkte schließlich; nun kam eine Kellnerin, er bestellte Kölsch. Die Kellnerin blickte mich an, aber mit ihr hatte ich nichts zu besprechen.

Sie haben ja Recht, wenn meine Tanten Sie nicht interessieren, sagte ich zu dem Mann. Und glauben Sie nur nicht, dass sie mich sonderlich beschäftigen. Ich denke vor allem an sie, seit ich nicht mehr wirklich mit ihnen zu tun habe, wissen Sie, ich habe meine Tanten seit Wochen nicht mehr gesehen.

Er bekam sein Bier und nahm einen tiefen Schluck.

Wenn die wüssten, dass ich über sie rede. Meine Tanten, sagte ich, verbringen ihr Leben damit zu überlegen, was die Leute über sie reden könnten. Aber niemand redet über sie. Nur ich. Jetzt gerade. Zufällig. Ich weiß nicht, ob sie diese Möglichkeit überhaupt in Erwägung ziehen. Wahrscheinlich ja. Meine Tanten denken an jede Möglichkeit. Was für eine Verschwendung. An Zeit, an Lebensenergie. Aber das können sie sich leisten. Locker. Ich will nicht sagen, dass ich das gut finde. Ich sehe meine Familie durchaus kritisch.

Er lächelte und spielte mit den Hälften der Zigarette, die ich zerbrochen hatte.

Ich hob meine Stimme. Meine Tante Cecilie hat sich durch ihre hysterischen Eskapaden geradezu Ansehen erworben. Sie beherrscht die Kunst, genau richtig viel Unbehagen zu erzeugen. Sie weiß präzise, wann sie Halt machen muss: immer dann, wenn der eigentlich richtige Zeitpunkt gerade überschritten ist. Mir hat sie dieses Gespür nie zugetraut. Deshalb haben sie mich erzogen, meine Tanten. Meine Bescheidenheit, informierte ich ihn, ist nicht natürlich, sondern antrainiert.

Fast hätte er mir auf die Finger geascht. Ich wollte meine Ruhe. Aber ich redete weiter: Mein Großvater war ein Gutsbesitzer aus dem neunzehnten Jahrhundert. Dass er erst neunzehnhundertvierundachtzig, im Alter von nur zweiundsiebzig Jahren, gestorben ist, hat ausschließlich deshalb niemanden verwundert, weil sowieso nichts mehr auffällt. Er war ein Vertreter des fortschrittlichen neunzehnten Jahrhunderts, er hat an die Zukunft geglaubt. Meine Tanten hatten zwar ein Bewusstsein dafür, dass etwas an seiner Art von Fortschrittlichkeit

besser zu verbergen wäre. Aber nach meinem Abitur erklärten auch sie ungefragt: Unsere Nichte erlernt einen Beruf. Sie soll studieren und arbeiten. Sie soll einmal selbstständig sein können. Hören Sie auf, in Ihr Bierglas zu schauen!
Aber er hob den Blick nicht.
Ich war ein Wunschkind, sagte ich, sorgfältig geplant.
Deine Tanten werden das wissen. Er nickte ernsthaft. Die verschmutzte Luft, dieser Gestank im Raum stieg mir ins Hirn. Ich brauchte eine Zigarette. Ich nahm sein Päckchen und zerbrach, zerbröselte, was ich in die Finger bekam. Kopfschüttelnd sah er mir zu, diesmal versuchte er nicht einzugreifen. Er fragte nur: Warum gerade ich?
Und ich hatte gedacht, wirklich mit ihm reden zu können. Doch er saugte schon wieder an seiner brennenden Zigarette. Als er sie das nächstemal zum Aschenbecher führte, streifte er meinen rechten Arm und meine Brust. Ich hustete. Jetzt lass wenigstens den Aschenbecher endlich stehen, rief er.
Dabei hatte ich mit dem Ding nur herumgespielt, um mich davon abzuhalten, ihm auch noch die Zigarette aus dem Mund zu reißen. Doch er wollte keine Erklärungen. Er legte seine Zigarette in den Aschenbecher, drückte sie aber nicht aus. Sieh dich um, sagte er und starrte auf das Tabak-, Filter- und Zigarettenpapierfetzenhäufchen mitten auf dem Tisch. Schließlich platzierte er die beiden Zigarettenhälften, die ich ihm gelassen hatte, obendrauf. Sieh dich um, alle rennen sie dem Geld nach oder anderen Illusionen, es ist doch so, alles ist Schein, es gibt keine Wahrhaftigkeit, nirgendwo, das ist auch der Grund, weshalb ich nicht in die Dritte Welt ziehen werde, weil mich die Menschen auch dort nur enttäuschen werden. Ich weiß, dass sie nichts für meine Erwartungshaltung können. Aber gerade deswegen will ich sie nicht damit konfrontieren. Das haben sie nicht verdient, das haben sie nicht verdient.
Ja, selbstverständlich, Sie bleiben in Köln, sagte ich.

Seine Zigarette hörte nicht auf zu qualmen. Ich griff in den Aschenbecher, erwischte die glühende Kippe am Filter und drückte sie aus. Etwas Asche war an meinen Fingern hängengeblieben, ich blies sie weg und roch an meinen Fingerspitzen, und erst jetzt wurde mir schlecht. Ich musste mir die Hände waschen. Doch auf keinen Fall wollte ich den Eindruck erzeugen, dass ich mich vor ihm und nicht vor meinen eigenen Fingern ekelte, deshalb stand ich zunächst nur auf, blieb aber an unserem Tisch stehen. Ich erhob die Stimme: Ach, Sie. Sie interessiert doch nur eins, nämlich Ihre Stadt und Ihre Identität als Einwohner dieser Stadt. Erzählen Sie mir nicht, dass Sie diese Stadt niemals verlassen werden; das versteht sich von selbst. Oh ja, ihr Kölner, ihr seid locker, ihr seid entspannt. Und ihr seid kommunikativ; solange ihr selbst redet. Zuhören, das dürfen wir. Wir von außerhalb. Keinen von euch interessiert es zu hören, wie das Leben anderswo abläuft. Es sei denn, es ist so eintönig, wie ihr das dem Rest der Welt unterstellt. Dann fühlt ihr euch einen Moment lang bestätigt; danach zählt wieder nur Köln. Köln. Köln. Köln. Köln. Köln.

Alle Raucher, die in unserer Nähe standen, kamen näher heran, als hätten sie ganz gegen ihre Natur doch zugehört. Oder ich bildete es mir ein. Aber ich nutzte die Chance. Ihr mit eurer offenherzigen rheinischen Lockerheit, rief ich, ihr zwingt sie der Welt auf, jedes Gespräch mit euch kann nur in eine Demonstration rheinischer Lockerheit ausarten, etwas anderes lasst ihr nicht zu. Ihr Kölner müsst endlich begreifen, wie sehr ihr den Rest der Welt nervt. Doch stattdessen erwartet ihr, dass die Menschen, denen ihr zur Last fallt, euch lieben und bewundern und beneiden und überall verkünden: In Köln, da sind die Menschen locker. Und sympathisch. Denn das, liebe Kölner, ist es, worauf es euch ankommt. Und eure Rechnung geht auf! Auch ich werde erzählen, dass ihr mir sympathisch seid. Dass es leicht war, mit euch ins Gespräch zu kommen.

Dass ihr mich überzeugt habt, dass ihr mich eingenommen habt, ganz locker. Und das sage ich laut, ja, für alle Welt, und ihr könnt mich filmen und ins Internet stellen, ich steh dazu – doch was rede ich; mehr von euch! Bitte!

Der tatöwierte Mann, der sitzengeblieben war, sah mich lächelnd von unten an, erwartete anscheinend, dass ich weitersprach. Aber es war genug. Ich klemmte meine Tasche fester unter den Arm und ging aufs Klo. Im Spiegel über dem Waschbecken sah ich die ganze Bescherung. Bereits im Kaufhaus hatte diese Strandtasche in mir die Stimme meiner Tante Agnes wachgerufen: Wozu brauchst du die?, hatte die Stimme gefragt. Vor wenigen Stunden noch hatte mich diese Frage und nur diese Frage zum Kauf bewogen. Jetzt bereute ich meine Entscheidung. Ich schloss mich ein.

Zwei Kölnerinnen betraten den Waschraum. Da kann man doch nur Mitleid haben, hörte ich eine Stimme und gleich darauf die zweite: Sieh's locker. Tu ich ja, rief die erste. Sie redeten unglaublich laut zwischen diesen gekachelten Wänden, es hallte: Die war noch nicht mal besoffen.

Bilde dir nur nicht ein, sagte ich mir, dass sie über dich reden. Niemand hat dich wahrgenommen unter all diesen Leuten. Das ist nur dein Geltungsdrang, der dich vom Gegenteil überzeugen will. Dennoch blieb ich, wo ich war, bis sie gegangen waren. Und wartete noch länger, bis ich auch den Waschraum verließ. Immer wieder wusch ich mir die Hände, mit viel Seife. Mein Gesicht im Spiegel war schlecht beleuchtet, ich sah wie meine Mutter aus. Aber das konnte mir niemand ansehen, der meine Mutter nicht kannte.

Zurück im Kneipenraum steuerte ich wieder den Raucherbereich an. Gleichzeitig suchte ich mit den Augen eine überzeugende Ablenkung – die Tafel mit dem Speisenangebot neben der Theke, die Poster mit Autogrammen Kölscher Lokalprominenter –, um den Mann nicht allzu offensichtlich zu meiden und dennoch meine Richtung jederzeit ändern zu können. Aber noch bevor sich die Gelegenheit ergab, ihm kunstvoll auszuweichen, rempelte mich ein anderer Kölner an, ein blasser, sehr dünner Mann.

Er brauchte sich nicht zu entschuldigen, um zu signalisieren, wie leid ihm das tat. Er hatte bereits zuvor meine Aufmerksamkeit erregt durch seine provokativ diskreten Bewegungen und seine demonstrative Zurückhaltung inmitten all der lauten Selbstdarsteller in dieser Kneipe. Geduldig ließ er sich von mir für seine Ungeschicklichkeit beschimpfen, bis es mir selbst zuviel wurde. Ich versuchte mich zurückzunehmen, hatte aber zu heftig begonnen, um mich noch elegant aus der Affäre ziehen zu können. Ich war diesem Mann eine Erklärung schuldig, auch wenn ich ihn eigentlich nur schnell wieder loswerden wollte; und so fing ich an – da mir auf die Schnelle nichts anderes einfiel als diese einstudierte Nummer –, ihm von meinem verschollenen Freund zu erzählen. Dabei war ich doch nur zum Rundfunk gekommen, weil niemand sonst mein Pamphlet wider die Internatserziehung veröffentlichen wollte.

Der Mann tat interessiert. Aber sicher war er kein Radiohörer. Also hatte er wahrscheinlich auch nicht von *Wie es in den Wald schallt* gehört. Ein Fake-Feature über eine weltabgewandte Sekte, die sich selbst als Naturvolk bezeichnete. Es ist nicht leicht, sich im deutschen Mittelgebirge als Naturvolk durchzuschlagen, sagte ich. Interessant an ihnen war allerdings weniger ihr Wirtschaftsleben als ihre sprachreformatorischen Bemühungen. Sie lehnten Rechthaberei ab und verzichteten als fehlbare Wesen auf jeden Wahrheitsanspruch. Deshalb gab es in ihrer Ausdrucksweise weder ja noch nein, noch alle anderen Formen der Bejahung und Verneinung. Sie wollten neue Verständigungsmöglichkeiten schaffen. Keine Bestätigung, kein Widerspruch, keine binären Codes, kein Dualismus. Keine

Konkurrenz zur Realität mit irgendeinem sprachlichen Entwurf. Nur Namen. Jeder Laut ein Verweis auf die einzig wahre Wirklichkeit. Und nichts sonst. Nach und nach sollte ihre Sprache jeden Behauptungscharakter verlieren. Es hatte ein Witz sein sollen, sagte ich. Da sucht man sich sein Publikum dort, wo so wenig von ihm zu sehen ist, dass seine Existenz bezweifelt werden darf. Aber dann kommen Kritiken. Und Hörerbriefe. Genau so war es, sagen Stimmen am Telefon. Man kennt das. Kollegen haben es wieder und wieder erzählt. Und hinzugefügt, dass man eben das doch gewollt habe. Und dennoch ist es ein Schock.

Oder gerade deswegen, sagte er, um zu demonstrieren, dass er zu denen gehörte, die keine Gelegenheit auslassen, ihr vulgärpsychologisches Wissen auszubreiten.

Und dann ist der Spuk wieder vorbei, bemerkte ich, als sei nie etwas gewesen. Man kann aufatmen. Denn das ist es, was man in Wirklichkeit gewollt hat: in Ruhe gelassen werden. Am schlimmsten sind ja die, die denken, sie hätten irgendetwas begriffen, fügte ich hinzu.

Vielleicht, sagte er nach einer Pause, hat Ihr Freund Sie einfach nur verlassen wollen und ist deswegen verschwunden?

Ich neige zwar wie die meisten Menschen dazu, meine Bedeutung im Leben anderer zu überschätzen, aber auf diese Idee bin ich überhaupt nicht gekommen. Dabei habe ich alle Möglichkeiten erwogen. Nichts habe ich unversucht gelassen. Auch hier warte ich nur auf einen Informanten – oder vielleicht doch nicht hier.

Um wieviel Uhr?, wollte er wissen.

Das war recht vage, musste ich gestehen.

Ein Privatdetektiv?, fragte er.

Aber ich wäre nie im Leben auf die Idee gekommen, einen Privatdetektiv auf meinen verschollenen Freund zu hetzen.

Der Mann lächelte. Er konnte gut verbergen, wie sehr ihn

langweilte, was ich erzählte. Aber ich hatte mich vorgewagt, jetzt musste ich ertragen, dass er mir zuhörte. Und selbst sprach. Sie haben da was verloren, sagte er sacht.
Schnell stopfte ich mein kleines Aufnahmegerät zurück in die Hosentasche, nicht ohne darauf hinzuweisen, dass ich stets mit Abhörgeräten reiste und so immer alles beweisen könne. Doch er ließ sich nicht abschrecken. Jetzt fing er an, sich warmzureden: Ich arbeite mit Menschen im Koma. In einer Spezialklinik – hat Ihnen der Chef wahrscheinlich längst erzählt.
Wer? Der Kellner?, fragte ich. Dann folgte ich seinem Blick nach hinten, in den Raucherbereich, zu dem tätowierten Mann, und sofort erklärte sich mir das verdächtige Interesse, das mein blasser Gesprächspartner an mir fand; ich war die Frau, mit der sein Chefarzt eine Viertelstunde lang geredet hatte.
In unserer Klinik, sagte der Krankenpfleger, liegen einige Patienten, die nach Unfällen bewusstlos ohne Papiere eingeliefert worden sind. Manche werden erst nach Wochen identifiziert. Würde mich nicht wundern, wenn Ihr Freund dabei wär.
Er schien begeistert von der Aussicht. Ich trat einen Schritt zurück. Hinter mir quiekte jemand. Ich drehte mich um und erkannte die junge Frau, die im Zug nach Brüssel sitzen sollte.
Entschuldigung, sagte ich und überspielte meine Bestürzung mit einem Lächeln, ich wollte Sie nicht treten. Ich musste nur der feuchten Aussprache meines Gesprächspartners ausweichen.
Sie zuckte die Achseln, nippte an ihrem Kölsch und sah mich an, als sei ich nicht da – was mir in diesem Moment zwar auch lieber gewesen wäre; aber so konnte sie sich nicht aus der Affäre ziehen.
Wir kennen uns doch, sagte ich, Sie müssen mich kennen – es ist gut, dass ich Sie treffe, fiel mir jetzt ein, ich habe etwas vergessen im Abteil, in diesem Abteil, in dem wir vorhin gemeinsam gesessen haben.

Aber Sie hatten doch gar nichts dabei. Sie waren deswegen so verlegen, dass Sie darüber vergessen haben zu erzählen, was Sie in Antwerpen wollen.
Sie erinnern sich also an mich? Und jetzt haben Sie auch Ihren Zug verpasst, sagte ich leichthin, also, das hätte ich nicht gedacht. Mal sehen, wie sie jetzt in Brüssel ohne Sie zurechtkommen. Nun ja, Sie haben sicher auch einkaufen wollen und sich mit der Aufenthaltszeit verschätzt – aber Brüssel gegenüber haben Sie das natürlich nicht zugegeben, sondern einen technischen Schaden, einen Anzeigetafelausfall vorgetäuscht, ein Problem mit Ihrem Gepäck – wo ist Ihr Gepäck? Haben Sie es gut deponiert?
Der blasse Mann signalisierte Neugierde, mit Augen, Mund, Nase und Ohren. Aber ich konzentrierte mich ganz auf die junge Frau; immerhin brauchte ich so mit ihm nicht mehr zu reden. Also, dann fahren Sie auch später weiter, sagte ich. Es sei denn, Sie wollen in Köln noch ein paar Tage lang einkaufen, das Nachtleben genießen, neue Freunde kennenlernen, vielleicht haben Sie hier bereits Freunde, die Sie in diesen Tagen sehen können?
Nein, sagte sie, ich habe Sie angelogen, ich mache in Köln eine Ausbildung zur Kosmetikerin. Alles andere hat nicht geklappt.
Das tut mir leid. Kann ich irgendetwas für Sie tun? Ich habe durchaus Kontakte. Nicht nur zum Rundfunk. Auch international.
Blödsinn, sagte sie. Ich bin froh, meinen Eltern entkommen zu sein. Das ist jetzt die Hauptsache. Und so entschieden, als sei ich ihre Mutter, ließ sie mich stehen, neben meinem Krankenpfleger, der mir bereits Termine für unsere Fahrt zur Koma-Klinik vorschlug.
Ich soll Ihnen doch helfen, rief ich dem Mädchen hinterher. Aber sie war bereits verschwunden. Langsam, benommen bewegte ich mich in Richtung Theke. Den Chefarzt konnte

ich nirgends sehen, doch ich rechnete mehr denn je damit, bei jeder Bewegung auf ein neues bekanntes Gesicht zu stoßen. Trotzdem war ich überrascht, als ich tatsächlich ein sehr vertrautes Gesicht entdeckte. Selbstverständlich war es eine meiner Klassenkameradinnen, die ich hinter der Theke Gläser abwaschen sah.
Wie geht's deinen Kindern?, fragte ich.
Irritiert sah sie mich an, dann verzog sich ihr Mund zu einem undekorativen Grinsen. Ach, natürlich, ich habe dir geschrieben, sagte sie. Ja, irgendwas musste ich schließlich schreiben. Abrupt wandte sie sich ab und drehte die Musikanlage hinter der Theke auf; sie wartete, bis die Musik – selbstverständlich Kölschrock – ihre volle Lautstärke erreicht hatte, und zapfte in der Zeit ein paar Bier, dann erst beugte sie sich wieder zu mir: Hast du den anderen von meinem Kindersegen erzählt?
Welchen anderen?
Der blasse Mann horchte auf.
Hast du keinen Kontakt mehr zu den anderen?
Nein, sagte ich, du kannst ganz ruhig sein. Ich habe meinen Namen und meine Haarfarbe geändert und fünfzehn Kilo abgenommen, nur damit mich niemand mehr erkennt.
Sie kicherte, was sich erstaunlich gut in die Musik einfügte: Und ich habe von meiner glücklichen Ehe und den vielen Kindern geschrieben; natürlich wollte niemand mehr mit mir zu tun haben. Dabei war die Ehe schnell wieder vorbei – zum Glück. Ich hab das gebraucht, diese Freiheit.
Der blasse Mann kicherte ratlos. Ich zeigte nicht, wie gekränkt ich war. Immerhin war sie die einzige gewesen, mit der ich nach dem Abitur Briefe gewechselt hatte. Beinahe hatte ich sogar Respekt entwickelt vor ihrer ungehemmten Fruchtbarkeit.
Sonst brauch ich ja nicht viel, fuhr meine Klassenkameradin fort. Dass du es nur weißt, dieses ganze Karrierevergleichszeug ist mir vollkommen egal.

Darum kann es auch nicht gehen, sagte ich, ich gönne dir alles, was du erreicht hast. Und Kinder sind ohnehin nur lästig. Sie stimmte mir zu. Ich muss mich da gar nicht rechtfertigen, sagte sie, es hat sich einfach nicht ergeben. Obwohl ich alles versucht habe, wirklich alles –

Ja?, fragte ich mitfühlend.

Da brach sie ab. Und du? Wie kommst du klar? Dir bedeutet das alles ja noch etwas.

Was genau?, versuchte der blasse Mann sich einzumischen, doch ich überging ihn: Tja, dann weißt du es also. Ich hab mich tatsächlich nicht so leicht davon lösen können. Mehr sagte ich nicht und wollte auch gar nicht mehr sagen. Doch meine Schulfreundin nickte grimmig: Also, du bist auf dem Erfolgstrip.

Nun ja, ich habe meine Nische gefunden, gab ich zu.

Ja, diese Tendenz hattest du ja immer schon. Von klein auf arrogant. Konsequent. Auf deine Art. Fixiert. Du hast ja sogar schon überlegt, in welche Partei du eintreten solltest, um deine Ziele zu erreichen. Während ich mehr so zwischen Paul und Pedro stand. Nun kicherte sie wieder. Hast du von denen noch mal was gehört?

Ich betrachtete ihre großen wackelnden Brüste unter dem engen T-Shirt; die Worte *In Wirklichkeit bin ich ganz anders* waren darauf gedruckt. Nein, sagte ich.

Ja, so was bleibt dann auf der Strecke. Und wie sieht's mit der Politik aus? Haben sie dich genommen?

Wahrscheinlich eine Verwechslung, sagte der Mann, der nicht von meiner Seite gewichen war. Verleumdung, sagte er sogar, um sich bei mir einzuschmeicheln.

Ach, warum. Man wird demütig, sagte ich und verfiel nur aus schlechter Gewohnheit in den zu diesem Spruch gehörenden Tonfall, der signalisiert, dass einem außer der Unsterblichkeit nichts zu wünschen übriggeblieben ist.

Ja, zu Demut hat man auch allen Grund, sagte sie und zapfte Kölsch und goss Kaffee ein. Die Leute lügen, stehlen und betrügen, verraten Vater, Mutter, Großmütter, Kinder – Tanten nicht zu vergessen, warf ich ein, sie ignorierte mich –, und alles für Geld, für Bestätigung, für ein kleines bisschen Aufmerksamkeit, die schnell verfliegt, und dann verlangen sie nach dem nächsten Kick; ja, wer Erfolg hat, braucht mehr, immer mehr, immer mehr, immer mehr, immer öfter immer mehr, viel mehr, als man eigentlich verkraften kann, man ist chronisch gestresst und fürchtet sich dennoch vor nichts mehr als einer Pause, denn man will mehr, immer mehr, immer mehr.
Na, dann sei froh, wenn du clean bist, bestätigte ich sie. Du hast es geschafft. Genieß deine Unabhängigkeit. Ganz ehrlich, das gelingt nur wenigen. Weißt du, ich hab ja auch was gegen Karrieren, beeilte ich mich jetzt zu beteuern und ärgerte mich gleichzeitig, so erwartungsgemäß zu reagieren, ich habe meine nur so nebenbei gemacht, es ist passiert, aus Versehen, aus reiner Selbstverwirklichung heraus.
Voll Mitleid sah mich meine Klassenkameradin an. Ich hab mir ja auch viel vorgemacht. Wenn man konditioniert ist – doch sie hatten mich nicht einmal gefragt, ob ich das überhaupt will; weißt du, das war nicht ich!
Sogar das schien den blassen Mann zu interessieren; und noch mehr, wie ich darauf reagierte: Ja, sagte ich, es braucht Mut und viel Ehrlichkeit, um das alles hinter sich zu lassen, viel Beharrlichkeit im Loslassen.
Oh ja! All diese Zwänge! Ich bin da inzwischen auf einer anderen Ebene, und nur sehr kurz zitterte ihr Mund, als befürchte sie, ich könne nun auf die Idee kommen, sie dort einzuholen und an ihr vorbeizuziehen; also präzisierte sie: meine ganz persönliche Ebene. Weißt du, ich bin gewachsen, innerlich, ich hab an mir gearbeitet, nach meiner ganz persönlichen Methode, weißt du, ich steh inzwischen so weit über dem allen;

jetzt wagte sie sogar ein Lächeln. Auf den Ebenen, auf denen ich mich bewege, spielen all diese eingefahrenen Lächerlichkeiten keine Rolle mehr. Ihre Miene wurde fester. Wenn man seine Wahrnehmung soweit hat, dann weiß man, worauf es ankommt.

Apropos, fiel ich ein, ich muss zum Bahnhof, es tut mir leid – Doch sie ließ sich nicht stören. Ich habe das alles überwunden, erklärte sie und zapfte nebenbei Kölsch. Ich will nichts anderes mehr sein, als was ich bin. Ich komm an meine Gefühle dran. Das hab ich erreicht. Sie versuchte zu lächeln, es wurde ein Kichern daraus. Kichernd verriet sie mir: Ich nähere mich meinem eigentlichen Problem.

Ich schwieg beeindruckt: aber nur, weil ich gleichzeitig überlegte, wie ich mich am besten nach Antwerpen absetzen könnte. Großzügig lächelte sie mich an und stellte mir ein Kölsch vor die Nase. Ach ja, diese Gemeinschaft im Internat, dieser Zusammenhalt, so etwas findet man nie wieder im Leben, sagte sie. Aber wie gesagt, das lässt sich verarbeiten – ich bin heute ruhig, ich kann damit umgehen. Und unsere Feste, sie nahm einen Schluck von meinem Bier, ich meine jetzt nicht diese ständigen offiziellen – oh Gott, was haben wir gefeiert! Nein, aber unsere inoffiziellen! Das war noch was.

Der blasse Mann schien vor Neugierde fast zu platzen. Doch die Musik war so laut, dass er kaum etwas verstehen konnte, so nah er sich auch herandrängelte. Und über mich war zum Glück ohnehin nichts zu erfahren. Meine Schulfreundin redete ausschließlich über sich: Wenn ich daran denke, was ich mir für einen Stress gemacht habe, ein bisschen Eierlikör zu besorgen für unsere Mitternachtspartys, das war noch aufregend damals.

Jetzt schien der blasse Mann doch etwas mitbekommen zu haben, denn er warf ein, dass das schon ziemlich zurückzuliegen scheine. Wir ignorierten ihn, meine Klassenkameradin fuhr fort: Was

man sich so einbildet – was man sich alles einreden lässt. Und das bestimmt einen dann, jahrelang. Als mich der Hausmeister einmal erwischt hat, habe ich wirklich geglaubt, das war's, jetzt ist mein Leben versaut. Sie kicherte, erst ein Schluckauf stoppte sie. Ich kann nur froh sein, dass ich bei den Getränken geblieben bin. Es hätte mir mein Leben versaut, wenn ich mich von diesem Hausmeister von meinem Weg hätte abbringen lassen. Sonst gibt es doch kein Geld mehr zu verdienen. Ich hab ja auch mal daran gedacht, meine Methode weiterzugeben, aber selbst dieser Markt stagniert. Egal. Es ist doch egal. Ich steh da drüber. Über allem! Ich hab damit nichts mehr zu tun. Oh, da hab ich euch alle so weit zurückgelassen, so weit.
Ich gratulierte ihr. Es wäre nicht nötig gewesen, aber ich konnte es nicht lassen.
Ihr blieb der Schluckauf im Hals stecken, ihr Lächeln entglitt ihr. Schnell zapfte sie sich ein Kölsch. Ja, gib's mir, sagte sie, gib's mir, gib's mir nur. Du kannst eben nicht anders denken. Immer diese lächerliche Vergleicherei. Nur weil da diese – diese – diese Gleichaltrigen existieren! Die sich ständig aufdrängen! Weil sie nichts begriffen haben! Nichts! Nichts! Nichts! Meine spirituellen Fortschritte dagegen – ja, ich bin soweit, ich glaube bald alles, und das in dieser entseelten Zeit; aber das ist, jetzt schrie sie, das ist egal! Egal, egal, egal – egal!
Ich beteuerte, dass ich gar nichts gesagt und es nicht so gemeint hätte, aber sie hörte nicht zu. Der blasse Mann auch nicht, obwohl er hingebungsvoll lauschte. Aber er bekam nur Dinge mit, die niemand von sich gegeben hatte. Vielleicht war die Musik schuld, dass er plötzlich meinte, jemand habe Orson Welles erwähnt. Ich wollte ihm widersprechen, doch meine Klassenkameradin nahm ohnehin nichts wahr.
Wie hast du mich gefunden?, fragte sie. Dass du's nur weißt: ich habe seit Ewigkeiten nicht mehr geübt. Ja, und alle dürfen es wissen: es ist mir egal! Dann entspannte sich ihr Gesicht

wieder, wurde ruhig, ausdruckslos: Ach, egal. Ich muss sowieso auswandern. Ich geh irgendwohin, wo man noch kein Kölsch kennt. Darauf gründe ich dann meine Existenz. Kölsch auf den Malediven, sie unterbrach sich, sie wusste, sie hatte bereits zuviel gesagt. Und dafür hab ich sterben gelernt, murmelte sie mit zusammengekniffenen Lippen; sofern ich das bei der lauten Musik richtig verstand.

Ich bin nicht in diesem Verein, versicherte ich ihr. Aber es nützte nichts. Wortlos wandte sie sich ab, um Kölsch zu zapfen. Die Kneipe wurde immer voller, ihr Geschäft schien gut zu laufen. Und ich musste dringend nach Antwerpen.Doch der Krankenpfleger war sofort wieder auf sein Thema zurückgekommen und versprach sich bereits einen therapeutischen Effekt von meinem Erscheinen am Krankenbett meines verschollenen Freundes.

Vollkommen ausgeschlossen, sagte ich, ich habe noch ein Blind Date.

Nein, Sie können jetzt nicht so einfach gehen, sagte er.

Sehen Sie den Obdachlosenzeitungsverkäufer, der auf uns zukommt?, fragte ich. Ich kriege ein schlechtes Gewissen, wenn ich die Leute sehe, es deprimiert mich jedesmal, wenn ich ihnen sagen muss, dass ich ihr Blatt nicht kaufen will. Das wäre ein trauriger Ausklang für so einen netten Nachmittag.

Das ist lächerlich. Ich werde eine Zeitung kaufen.

Sie sind zu freundlich, sagte ich. In Wirklichkeit ist mir nur übel. Das Kölsch –

Aber Sie haben doch gar nichts getrunken.

Er nahm die Tatsache, dass mir schlecht war, als Vorwand, mich nach draußen zu begleiten. Das war kein Zufall, sagte er, dass wir uns begegnet sind. Ich wollte mit ihm nicht über Zufälle reden, und vor allem wollte ich ihm nicht zuhören. Auch wenn er nicht unamüsant war – schließlich bildete er sich ein, anderen Gutes zu tun –, brachte er mich von meinem

Weg ab. Aber keine meiner Ausflüchte hielt vor ihm stand. Er unterstellte mir Angst, meinen verschollenen Freund in einem Zustand wiederzufinden, in dem er nicht mehr er selbst war. Ich konnte schlecht sagen, dass mir mein Freund nicht in der Umgebung von Köln abhanden gekommen war, nachdem ich zunächst den Eindruck erweckt hatte, nur meine Suche nach ihm hätte mich hierher geführt. Außerdem war ich zu überrumpelt, um mich entschieden genug dagegen zu wehren, in sein Auto zu steigen; er war kampfsporterprobter als erwartet. Autofahren konnte er weniger gut, er fuhr so dicht am rechten Straßenrand, dass er den Bordstein streifte.

Ich versuchte ihm zu erklären, weshalb ich bewusst keine Kranken- oder Leichenschauhäuser kontaktiert hätte. Etwas sagt mir, dass ich ihn dort nicht finde, sagte ich. Doch er schüttelte nur den Kopf: Ich weiß, Sie fürchten den Anblick. Sie denken, Sie seien noch nicht soweit. Aber Sie werden sehen –

Ich gab mich geschlagen. Also gut, sagte ich. Er hat Sie geschickt. Dann sollte ich in dieser Kneipe also wirklich jemanden treffen. Ja, das hab ich jetzt begriffen; auch wenn ich es natürlich bereits geahnt hatte. Schließlich läuft es immer so. Wo bringen Sie mich nun hin?

Als Antwort stellte er das Autoradio an und tat so, als wolle er einen Musikkanal suchen; doch ich erkannte das Hörspiel, das gerade anlief, und er sagte: Na, wenn das kein Zufall ist.

Ich lachte nur müde. Doch er bestand auf seinem Zufall: Daran sieht man, dass alles seine Richtigkeit hat.

Schon gut, sagte ich. Nur bitte, achten Sie auf den Straßenverlauf. Im Radio blubberten falsche Fische, bis eine Erzählstimme, die nur ganz leicht reptilisch klang, in die Kunst der gezinkten Geräusche einführte.

Wir sind auf dem richtigen Weg, sagte er, nun, schauen wir mal, was sich so ergibt, mit uns beiden, wohin uns das alles noch führt.

Tun Sie nicht so, als ob Sie keine Ahnung hätten, sagte ich.
Oh ja, ich merke so einiges, erklärte er, während die Radiostimme, als zweite Stimme, gute Laune vortäuschte und dabei gleich erklärte, wie ein solcher Gute-Laune-Klang technisch herzustellen war. Wissen Sie, Sie sind so eine, die für alles einen Vorwand braucht.
Na toll, dachte ich so deutlich, dass er es mitbekommen musste.
Ist Ihnen nicht aufgefallen, wie gut ich mich in andere hineinversetzen kann? In diese Richtung will ich mich weiterentwickeln.
Keine Chance, sagte ich, dafür gibt es keinen Markt. Aber während ich erwartete, dass er mir endlich den Plan meines verschollenen Freundes erklärte, beharrte er: Doch, doch, sehen Sie sich an. Von außen könnte man meinen, Sie wären gereizt. Aber in Wirklichkeit wollen Sie sich nur nichts anmerken lassen. Wer Sie kennt, weiß: Sie fühlen sich innerlich so leer, dass Sie eigentlich gar nichts fühlen.
Die Radiostimme täuschte Atemnot vor.
Ja, das ist es. Da ist nichts. Er deutete auf meinen Bauch. Natürlich sage ich Ihnen nichts Neues, fuhr er fort. Wenn Sie nur ehrlich genug sind, langweilt es Sie längst, Hoffen und Bangen wegen Ihres Freundes zu simulieren. Und selbst diese Langeweile geht Sie nicht wirklich etwas an. Ihre Seele schwingt in der großen Leere, dieser tiefen Freiheit, diesem großartigen In-Sich-Ruhen und Bei-Sich-Sein und gleichzeitig dieser weiten Verlorenheit in der Welt. Körper sein. Ganz Natur. Ungehemmt. Unbeschwert. Losgelöst.
Im Radio erklangen Orgasmusimitationen. Wechseln Sie doch bitte das Programm, rief ich. Durch Sie verpasse ich jetzt gerade *Worum es wirklich geht*, Teil 54.
Ihnen, betonte er streng, geht es um gar nichts. Hören Sie mir nicht zu? So kommen wir doch nicht voran.
Beinahe hätte er einen Kinderwagen mitgeschleift. Die Geräu-

sche aus dem Radio hatten sich minimal verändert und wurden nun von Anmerkungen umrahmt, wie schwer Schluckauf zu simulieren sei.
Also gut, bitte, bitte, sagte ich, reden Sie weiter. Ich wollte mein Innenleben immer schon kennenlernen. Meine Tante Cecilie hat viel Geld in ihr Innenleben investiert, inklusive einer langwierigen Therapie, in der sie am Ende all die Erkenntnisse über sich zu sortieren versucht hat.
Sie haben eine falsche Vorstellung davon, wie es bei uns aussieht, sagte er sanft. Sie denken, wenn jemand das Bewusstsein verloren hat, dann ist es aus. Dabei ist das erst der Anfang. Ich rede jetzt nicht davon, dass wir natürlich viele haben, die zurückkehren. Ich rede von der inneren Fröhlichkeit, die ich spüre, die ich überall spüre, wo auch immer ich Kontakt aufnehme. Sie werden das ebenfalls spüren; ganz sicher, alle Frauen spüren es. Sie werden sich wundern.
Ich weiß, ich weiß, ahmte ich die Stimme im Radio nach, die aber gerade falsche Fremdsprachen vorführte, weshalb ich nicht sicher sein konnte, was ich da wirklich von mir gab.
Eigentlich haben Sie ihn ja längst aufgegeben, fuhr mein Entführer fort. Aber gerade mit dieser Lockerheit kommen Sie an ihn ran. Endlich erwarten Sie nichts mehr von ihm.
Nun wurden Simultanübersetzungen der bedeutungslosen Wörter und Phrasen aus den nichtexistenten Sprachen geboten.
Es dauert natürlich, bis Sie begreifen, wie nah Sie schon dran sind. Noch klammern Sie sich an Ihr Pseudodasein. Und das ist auch gut zu verstehen. Denn die Wahrheit schmerzt. In Wirklichkeit suchen auch Sie nur den Tod.
Finden Sie nicht, sagte ich, dass Sie weitgehende Schlüsse aus der Tatsache ziehen, dass ich mich von Ihnen chauffieren lasse? Dabei wollte ich mit meinem Einsteigen in Ihr Fahrzeug nur verhindern, dass Sie mich als Fußgängerin auf dem Gehsteig erledigen. Meine Tanten haben mich immer vor Autofahrern

wie Ihnen gewarnt. Und sie hatten Recht! Auch wenn es dauert, bis man für die Ängste Erziehungsberechtigter Verständnis aufbringt. Dafür musste ich Sie kennenlernen.

Lassen Sie mich aus dem Spiel, sagte er und wirkte auf einmal weniger blass. Es geht um Sie. Schließlich sehnen Sie sich doch nach Erfüllung.

Ich stimmte kurz – ich konnte es nicht lassen – in den Chimärengesang ein, der jetzt aus dem Radio drang; was er leider als Bestätigung nahm: Und sobald Sie ihn in seinem Bett sehen – er wird Sie nicht erkennen, er wird sich nicht rühren –, da werden Sie wissen, dass er auf Sie gewartet hat. Gerade weil er nicht reagiert; daran werden Sie es erkennen. Das ist der Moment. Da verstehen Sie, was das Leben ist; was wirkliche Beziehungen sind.

Sie brauchen mir nicht zu erzählen, sagte ich, dass manche Menschen erst erträglich werden, wenn sie ihre Sicht der Dinge nicht mehr äußern können.

Ja, sagte er, während er in eine Schnellstraße einbog, Frauen begreifen instinktiv, worauf es ankommt. Sie ahnen Ihre spirituellen Bedürfnisse nicht, und das ist gut so. So können Sie sie leben. Da ist mehr Nähe. Die direkte Verbindung. Ich muss leider zugeben, dass ich nicht so weit bin. Es geht nur über die anderen. Da, da, da! Er schlug sich gegen die Stirn. Da ist noch so viel drin. Vorübergehend kam das Fahrzeug mit einem Rad auf dem Pannenstreifen zum Stehen. Ich kann von Ihnen profitieren, sagte er beim Weiterfahren.

Ist mir das anzusehen?, fragte ich.

Im Radio waren Brusttöne der Überzeugung zu hören. Es ging um die Kunst, jede Aussage zu verweigern. Eine Stimme beteuerte, nichts zu dementieren zu haben.

Warum kam dieser Mensch nicht endlich auf den Punkt. Ich konnte nicht begreifen, dass mein verschollener Freund sich mit solchen Gestalten abgab. Jetzt fuhr er immer schneller

und redete dabei unablässig über seine faszinierenden Patienten.
Lassen wir doch diese Klinik, sagte ich. Ich bin nicht in der Verfassung, kranke Menschen zu ertragen. Sie reichen mir völlig. Außerdem meine ich zu wissen, dass ich in dieser Klinik nur Kneipenbekanntschaften und dahindämmernden Klassenkameraden begegnen werde, aber nicht meinem verschollenen Freund. Sagen Sie mir einfach, wo ich ihn finde – dann brauchen Sie sich nicht mehr mit mir herumzuärgern.
Aber ihm lag daran weiter voranzukommen.
Aus dem Radio drang erregtes Brüllen, allerdings geflüstert; es klang wie aus weiter Entfernung. Und dann, in der Wiederholung, wie aus einer anderen Zeit.
Das bringt doch alles nichts. Halten Sie an, lassen Sie mich aussteigen, rief ich, geben Sie mir die Chance, das wirkliche Köln kennenzulernen, wenn ich schon einmal hier bin. Was brauchen Sie mich in Ihrem Krankenhaus!
Jetzt lachte er: Sie werden mich Dimensionen erleben lassen.
Und stellen Sie bitte die Klimaanlage aus. Es zieht um meine Knöchel, sagte ich.
Er lachte lauter, hupte versehentlich – oder waren das die Posthornimitationsanweisungen aus dem Rundfunk? So, da ist es mir gelungen, Sie aus Ihrer Reserve zu locken. Jetzt ist es mir tatsächlich gelungen.
Hören Sie auf, mich anzustarren, sagte ich. Schauen Sie auf die Straße. Orientieren Sie sich am Mittelstreifen. Sehen Sie geradeaus. Auf die Straße. Bleiben Sie bei einem Tempo. Und regen Sie sich nicht auf.
Zur Antwort grunzte er nur, oder es grunzte aus dem Radio. Ich verfiel in einen Plauderton, der ihn beruhigen sollte. Kennen Sie übrigens dieses Hörspiel mit falschen Verkehrsnachrichten, fragte ich, mit den vielen üblen Unfällen? Die Ausstrahlung hat großes Chaos und in der Folge einen Rechtsstreit

hervorgerufen, einen absehbaren Rechtsstreit, der auch bereits vor der Ursendung in einer Gerichtscollage vorweggenommen worden war. Diese zeitliche Abfolge ist allerdings inzwischen so oft angezweifelt worden, dass selbst die Beteiligten nicht mehr –

Er bremste abrupt, bog in einen Parkplatz ein und hielt an. Aus dem Handschuhfach vor meinen Knien holte er einen Straßenplan.

Waren die Anweisungen nicht klar?, fragte ich und bemühte mich inzwischen weder meinen Ärger noch meine Besorgnis zu verstecken.

Wie?, fragte er zurück. Nein, nein, ich bin nur etwas aus der Übung. Und die Strecke, jetzt sah er auf, also, ehrlich gesagt, ich fahre sie heute zum ersten Mal. Und noch ehrlicher gesagt –

Als kleine Übung krachten falsche Schüsse und echte Champagnerkorken oder umgekehrt.

Sie arbeiten in keiner Klinik, sagte ich.

Das wissen Sie! Seine Lache, die wahrscheinlich dämonisch hatte klingen sollen, aber von Anfang an zu gehechelt daherkam, stockte. Es fasziniert mich eben, murmelte er trotzig und startete das Auto wieder. Und ich weiß, es wird Ihnen etwas bringen, gerade Ihnen – wo ich mit Ihnen schon mal so weit bin.

Im Radio gab es inzwischen ausführliche Anweisungen, wie sich die Gewissheit vortäuschen lasse, echte von falschen Geräuschen unterscheiden zu können.

Von mir aus. Von mir aus können Sie alles sagen, sagte ich. Es kommt nicht darauf an. Meine Tanten sind überall mit ihren Lügen durchgekommen. Obwohl ihnen die Koordination der verschiedenen Varianten, die schlichte Vergegenwärtigung, wem sie was erzählt hatten und mit wem diese Person sich wiederum austauschen mochte, nur selten glückte; was sie nach und nach den Kontakt zu sämtlichen Freunden und Bekannten

einstellen ließ – eine allerdings völlig überflüssige Vorsichtsmaßnahme. Die Leute glauben alles, so wenig interessiert es sie. Sie haben nicht einmal einen kleinen Zweifel füreinander übrig. Ich könnte Ihnen auch alles erzählen, ich könnte erzählen, wie ich mich beim Versuch, meinen verschollenen Freund zu lokalisieren, auf eine Séance eingelassen habe. Und wie das Medium – ein sehr teures Medium übrigens – einen komplizierten Apparat installiert hat, um Jenseitsstimmen einzufangen, und dabei einen elektrischen Schlag nach dem anderen erhalten und meinen Freund dafür verantwortlich gemacht hat, obwohl seine eigenen Schaltkreise schuld waren. Außerdem wäre mein Freund zu so etwas gar nicht in der Lage – selbst wenn er gestorben wäre, was er aber selbstverständlich nicht ist – denn er hat Sie doch beauftragt, nicht wahr? Er lässt mich entführen, so muss es sein, er würde schließlich alles unternehmen, und da lässt er sich sogar mit jemandem wie Ihnen ein, tja, in dieser Hinsicht ist er leider wenig wählerisch, und gerade an dieser Stelle bemühte ich mich, meinen Tonfall ganz beiläufig zu halten, denn schließlich wollte ich ihn nicht unnötig beleidigen, also, Sie kennen ihn, Sie müssen ihn kennen – oder nicht?
Sie reden soviel von anderen, sagte er und versuchte dabei, seine Stimme tiefer zu legen.
Aber Sie haben ja keine Ahnung, sagte ich, endlich wirklich überrascht. Im Radio knackte es.
Wir waren inzwischen wieder auf der Schnellstraße, er fuhr mit gleichmäßigem Tempo und nur noch leichtem Drall zum Pannenstreifen. Doch jetzt hielt ich es nicht mehr aus: Ich muss nach Antwerpen. Sofort. Ich versuchte, die Autotür zu öffnen.
Er lächelte: Aber, aber, doch nicht während der Fahrt. Wie gut, dass wir Kindersicherung haben.
Das Krachen und Knacksen im Radio nahm zu; dann war auf einmal alles still, bis sich eine klare Stimme meldete, die die

Tonstörung zur Simulation im Sinn der Sendung erklärte. Ich konnte das nicht mehr hören. Die Stimme setzte an, das nächste Hörspiel voranzukündigen.
Schalten Sie das Radio aus, sagte ich.
Ein Hörprojekt, interessant, was die da als nächstes planen, sagte er. Wie hieß das noch mal?
Und mit so jemandem verschwendete ich meine Zeit.
Deutschlandreise? Hab ich das richtig gehört?
Ich musste mich beeilen. Es gab Herausforderungen, die auf mich warteten. Ja, sagte ich, ich habe nicht mehr viel Zeit, perfekt zu werden.
Bitte, sagte er, wir sind gleich da.
Immerhin hatten wir uns wieder dem Stadtkern genähert, rechts und links waren Häuser zu sehen. Der Autoverkehr wurde dichter und zäher und floss langsamer dahin. An der nächsten roten Ampel kurbelte ich mein Fenster herunter, streckte die Hand hinaus und öffnete so meine Tür von außen. Und ich rannte davon.
Er machte sich nicht die Mühe, sein Auto zu parken. So wie es an der Ampel stand, ließ er es stehen, sprang ebenfalls heraus und lief hinter mir her.
Geben Sie's auf, rief ich über meine linke Schulter, Sie verstehen alles falsch. Ich muss nur etwas für meine Durchblutung tun, ich muss mich bewegen – Ihre Klimaanlage, meine Füße, mein Kopf – bleiben Sie stehen!
Doch selbst das einsetzende Hupen aller Autos an der Ampel konnte ihn nicht aufhalten.
Sie werden außer Atem geraten, beschwor ich ihn, wobei ich selbst schon keuchte. Und Sie brauchen ihn noch, Ihren Atem. Lassen Sie mich. Verschwenden Sie meinetwegen keine Energie. Das wahre Leben ist ohnehin anderswo! Und Sie interessieren sich doch nicht einmal dafür, wohin ich eigentlich fahre und was ich dort will. Ich werde es Ihnen aber erzählen

– ich warne Sie, ich höre nicht auf zu reden, wenn Sie mir weiterhin folgen, sind Sie selbst schuld. Lassen Sie mich! Sie sind es doch, der sterben will. Und zwar allein!
Fast hätte er mich eingeholt. Doch ich erreichte ein großes Gebäude, öffnete eine Tür, lief die erstbeste Treppe hoch und landete in einem Foyer, mit einer langgestreckten Garderobe. Zwei Garderobenfrauen sahen mir nach, wie ich auf die nächste Tür zurannte.
Ich fand mich in einem Hörsaal wieder. Kannibalismus ist der Alltag, rief eine Frau am Rednerpult ins Mikrofon. Statt zu sehen, wie aus Interessenkonflikten gemeinsam zu profitieren wäre, wird versucht, einander gegenseitig zu zerstören. Ihr Mund kam dabei dem Mikrofon immer näher.
Ich suchte einen freien Platz, ich hätte mich gern in der letzten Reihe versteckt, aber leider war ich vorn hereingekommen. Die linoleumbelegten Stufen quietschten unter meinen Sohlen. Ich setzte mich auf einen knarrenden Sitz in der dritten Reihe am Rand.
Es kann nicht um Ausgleich gehen, fuhr die Frau mit übersteuerter Quiekstimme fort. Wenn es allen immer nur um Ausgleich geht, können wir lange auf Beiträge warten. Die Frage ist doch: Will überhaupt jemand beitragen? Das wäre zu untersuchen. Das wäre immerhin ein Beitrag. Die Frage ist: Wollen wir weiterhin akzeptieren, dass hinter allem nur der Wunsch steht, uns gegenseitig die Köpfe auszulöffeln, auf welche zivilisierte Methode auch immer? Damit schloss sie ihren Vortrag, raffte ihr Manuskript zusammen und stieg die Stufen vom Rednerpult herunter, wobei sie mit dem linken Fuß umknickte. Sie errötete und erreichte mit sorgfältiger gesetzten Schritten ihren Platz in der ersten Reihe. Das Publikum klopfte müde Beifall, nur zwei Zwischenrufer waren mit ihren Anschuldigungen und Richtigstellungen noch nicht am Ende.
Ich zwang mich, nicht zur Tür zu sehen; ich fiel dadurch nur

auf. Mein Verfolger hatte die Suche sicher bereits aufgegeben; schließlich lag ihm nichts an mir, er brauchte nur irgendjemanden zum Nachstellen und hatte wahrscheinlich sofort jemand Besseren gefunden.

Ich versuchte mich auf die Vorträge zu konzentrieren. Ein langer Mann begab sich hinters Rednerpult, sortierte seine Manuskriptseiten und beugte sich so weit herunter, dass er ins Mikrophon sprechen konnte: Ja, meine Damen und Herren, die Verweigerung von Solidarität, alles schön und gut. Solidarität aufkündigen unter dem Deckmantel der Solidarität – machen wir uns nichts vor. Wir wissen alle, was sich hinter diesem Antrag zur Geschäftsordnung verbirgt. Oberflächlichkeit und Verwaltungstätigkeit, immer mehr Verwaltungstätigkeit. Ja. Ja, dennoch, was unseren Beitrag betrifft, zu unserem Beitrag, er blickte von oben herab auf sein Manuskript und suchte nach einer passenden Stelle, an der er in sein eigentliches Thema einsteigen konnte.

Vorsichtig setzte ich mich auf meinem Platz bequemer zurecht und warf meiner Sitznachbarin ein Lächeln zu. Sie sah aufmerksam nach vorn, erst nach einer Weile – der Referent hatte sich bereits tief in das Spezialgebiet seines Forschungsteams, Spekulationen über vorschriftliche Versformen, begeben – bemerkte sie meinen Blick und lächelte kurz vor sich hin.

Nachdem der Mann am Rednerpult anhand selbstrekonstruierter prähistorischer Liebesgedichte die Gefahr von Vergewaltigung durch Idealisierung abgehandelt hatte, sah er auf: Wir sind im Internet präsent, und wir überwachen das auch.

Meine Nachbarin machte sich Notizen. Flüsternd bat ich sie um ein Blatt Papier, sie lächelte. Ich räusperte mich, sie wandte sich ab.

Der nächste Redner wandte sich mit der Körpersprache eines Fernsehprominenten zunächst der Wandtafel zu und schrieb mit großen Buchstaben: Ethik. Dann nahm er die Stufen zum

Rednerpult, tupfte gegen das Mikrofon und sagte weich und resonanzbewusst: Provokation.

Einen Augenblick lang genoss er die Stille im Raum. Provokation, meine Damen und Herren, wer kann es noch hören. Doch Tatsache ist, dass sich mehr Menschen denn je provozieren lassen. Kulturelle Prägung, gesellschaftliche Übereinkünfte, Trends, Gewohnheiten, Ermüdungserscheinungen – wir haben all diese Faktoren sauber berechnet und mussten feststellen, dass ihre Relevanz gegen Null strebt. Je mehr Menschen es auf der Welt gibt, desto mehr Provokation. Das ist die gültige Formel.

Die Frau neben mir hielt ihren Kopf abgewandt, aber ich bildete mir ein, dass sie mich anschaute, sobald ich meinen Kopf nur ein wenig zur Seite drehte. Eine gepflegte junge Frau, ganz bei der Sache. Einmal verjagte sie, ohne hinzusehen, eine nicht vorhandene Fliege im Luftraum zwischen ihr und mir. Ich deutete auf ihren Schreibblock und wiederholte meine Bitte um ein Blatt Papier. Sie zuckte freundlich die Achseln und drehte ihre Handflächen nach oben.

Etwa die Hälfte der Textmasse, die der Redner von sich gab, bestand aus Strukturierungsfragen, mit denen er von Thema zu Thema leitete. Inzwischen suchte er nach dem einen Nenner oder zumindest einem Gegengewicht; der wohltönenden Stimme war in diesem Raum nicht zu entkommen, aber zum Glück lenkte er mit Klang und Singsang selbst von jedem Inhalt ab. Zwischendurch meinte ich sogar, er hätte zwischen Seitenhieben auf den radikalen Konstruktivismus einen Kommentar zu meinem verschollenen Freund von sich gegeben; so wenig hörte ich zu.

Die Frau neben mir sah mich immer noch nicht an. Die Zeichen, die sie auf ihren Collegeblock malte, sahen nach Keilschrift aus, aber vielleicht war das auch nur ein Muster, das sie aus Langeweile zeichnete. Ich nahm ihr den Stift aus der Hand

und nutzte ihre Fassungslosigkeit, um schnell einen Zettel aus ihrem Block zu reißen.
Der Vortragsredner war inzwischen mit vielen weichen Worten bei der Utopie des vollständigen Menschen angekommen. Er schien es gelassen zu ertragen, dass hinter ihm, wie er es nannte, übergroß der ausgeglichene Renaissancemensch lauerte.
Das ist doch nur, stand auf dem Zettel, den ich meiner Nachbarin zurückgab, *die halbe Wahrheit.* Sie sah ihn unschlüssig an. Ich nahm den Zettel noch einmal an mich, schrieb *Zum Weitergeben* darauf und reichte ihn ihr wieder. Sie betrachtete die Buchstaben und gab mir den Zettel zurück.
Jemand rief: Nur weil der Leiter der Forschungsgruppe eine Frau ist, und erntete Widerspruch in einem Gegenzwischenruf: Ich wusste, dass das kommen musste, ich wusste es, sehen Sie, verehrte Frau Kollegin, genau darum geht es nicht. Wir können die gesamte Veranstaltung nicht unter Supervision stellen, ohne dass es auf Kosten der Effizienz geht.
Auch vor dem nächsten Redner gab es keine Pause. Die Leute saßen immer noch geduldig auf ihren Sitzen, hörten zu und unterdrückten, einzelne Zwischenrufe, Huster und geräuschvolle Haltungswechsel ausgenommen, ihre eigenen Äußerungsbedürfnisse, die sich erst auf dem Heimweg in den üblichen Sachbeschädigungen niederschlagen würden.
Ich hielt immer noch meinen Zettel in der Hand und überlegte, ob ich ihn in die Reihe vor uns reichen sollte. Doch ich zuckte zurück. Die Tür öffnete sich. Ein Hausmeister mit grauem Kittel und Schiffermütze sah in den Hörsaal herein und bat eine Frau hinaus, die ich zuvor nicht wahrgenommen hatte, obwohl sie nur wenige Schritte von mir entfernt auf einer Treppenstufe kauerte, mit wirrem Haar, die Arme vor dem dicken Bauch verschränkt. Als sie schleppend an mir vorbeiging, bemerkte ich, dass ihr – wie mir – die legitimierende Anstecknadel fehlte, mit der alle anderen im Hörsaal ausgestattet waren.

Ich durfte mir nichts anmerken lassen. Nur nicht auffallen. Ich musste mich auf die Vorträge konzentrieren. Ein älterer Mann berichtete auf Schwäbisch, was ihm seine Enkeltochter beim gemeinsamen Puppenwagenkauf erzählt hatte. Irritiert schaute ich mich um, doch ich befand mich noch im selben Raum unter denselben Leuten wie zuvor, und der Mann landete nach vielen privaten Details, Jugenderinnerungen und Zeitungslektüreerfahrungen bei den Beiträgen, die alle leisten wollten, und erwähnte Unterausschüsse, die effektiv arbeiten könnten, wenn sie sich nur absprächen.

Aber, sagte ich und stand auf. Wieder öffnete sich die Tür, einen Spalt breit. Vielleicht war sie von selbst aufgegangen. So etwas passiert. Auch ich war schließlich aufgestanden; ohne das beabsichtigt zu haben, eigentlich wollte ich mich nur so schnell wie möglich wieder setzen. Aber ich setzte mich nicht. Ich hielt nicht einmal den Mund. Wenn die Unterausschüsse miteinander redeten, rief ich, gäbe es nur noch mehr Lautmüll in der Atmosphäre, aus dem sich am Ende doch etwas heraushören ließe. Keine Kompromisse!

Die Akustik im Raum war gut, ich brauchte kein Mikrofon, auch von den entferntesten Wänden erreichte mich der Schall, vor allem die holzgetäfelte Wand hinter dem Rednerpult warf meine Stimme warm zurück. Alles eine Frage der Vermittlung, rief ich. Solange wir an unserer Präsentation nichts ändern, besteht die Gefahr, dass interne Konflikte nach außen dringen.

Ich hatte den Eindruck, dass ich endlich aussprach, was seit Stunden in der Luft lag, doch ich bezweifelte, dass jemand die Dinge so unmissverständlich hören wollte. Aber im Raum war es ruhig geworden. Vor diesem Moment habe ich immer schon Angst gehabt. Selbstverständlich will niemand wirklich etwas von mir wissen, aber manchmal, selten, wenn ich am wenigsten damit rechne, gibt es doch einige, die mir zuhören; das brachte mich auch diesmal aus dem Konzept. Aber leider

nicht aus dem Redefluss. Es ist doch alles ganz einfach, rief ich. Man muss es nur so sehen!
Keine fünf Meter von mir entfernt meldete sich eine Frau: Können Sie bitte lauter sprechen, ich verstehe kein Wort. Eigentlich wollte ich nicht weiterreden, alles, was ich vorgehabt hatte, war, einen Anstoß zu geben; aber das nahm ich als Aufforderung. Ich schrie: Bevor wir unser Öffentlichkeitsproblem nicht gelöst haben, können wir unsere Konflikte vergessen. Wir müssen ihnen den Schutzraum gewähren, den sie zur Entwicklung brauchen. Und das geht nur mit einer professionellen Medienstrategie! Mit integrierter Wirkungsforschung!
Kopfschüttelnd stand die Frau auf und verließ den Hörsaal. Niemand schaute ihr nach – alle Blicke waren auf mich gerichtet, sogar meine Sitznachbarin sah mich eindringlich an, bevor sie sich abwandte und begann, hektisch mehrere Blätter mit ihren Schriftzeichen vollzukritzeln. Der Hausmeister war wieder im Türrahmen aufgetaucht. Schweigend ließ er die Frau an sich vorbeigehen. Niemand rief ihr nach: Sie sind doch schwerhörig. Dabei hatte ich Trost nötig. Ich war mir nicht sicher, ob ich konsensfähig war, daher gab ich noch mehr Ton: Natürlich wollen wir alle unseren Beitrag leisten. Alle, alle wollen doch immer nur Beiträge leisten! Das ist verdienstvoll, das ist umso verdienstvoller, als wir alle wissen, dass niemand unsere Beiträge wünscht – es gibt zu viele, brüllte ich, Sie verschwenden Ihre Energien, ich verschwende meine Energie. Ich schrie: Ich bin es müde.
Der nächste Redner stand bereits am Pult, er sah mich abwartend an. Danke, sagte er, nachdem der Applaus für meinen Zwischenruf abgeebbt war, ja, ich denke, wir werden in Zukunft unseren Unterausschüssen mehr Beachtung schenken, kleinteiliger werden, um die Verständigung vor Ort zu stärken; wo immer dieser Ort auch liegen mag. Nur so, ich zitiere mich selbst, wird ein Ort, unser Ort, entstehen, gegen alle Intrigen,

gegen die Macht der Verwaltung, die uns zerstören will, dieses Geschwür, das sich weigert, an sich selbst zu ersticken, und allem anderen den Garaus macht, vor allem denen, die trotzdem ein offenes Wort wagen, aber wir lassen uns nicht einschüchtern, meine Damen und Herren, ich nicht.
Ich musste weg. Aber etwas hielt mich auf meinem knarrenden Sitz, neben meiner Nachbarin, die stur weiterschrieb und mir keinen einzigen Blick mehr gönnte, selbst als ich ihr mit dem Zeigefinger zwischen die Rippen stach.
Erst als alle in die Pause strömten, traute auch ich mich ins Foyer. Tagungssprache abseits des Podiums war asiatisches Englisch, viele der Teilnehmer schienen sich von ähnlichen Veranstaltungen zu kennen, ich geriet in eine Begrüßungsszene nach der anderen, die zuweilen allerdings gleich in Abschiede mündeten. Einige entfernten gegen Pausenende die Anstecknadeln, die sie als Teilnehmer dieser internationalen Tagung zur Interdisziplinarität auswiesen, und verließen das Gebäude. Unauffällig schloss ich mich ihnen an, wurde aber neben der Garderobe von einem der Vortragsredner aufgehalten. Der Fachmann für prähistorische Lyrik kam direkt auf mich zu. Du bringst es immer noch auf den Punkt, sagte er aufmunternd von oben herab, offensichtlich um sich entsprechendes Lob für seinen Vortrag einzuhandeln.
Ich bemühte mich, meine Fassungslosigkeit im Rahmen zu halten. Er wollte wissen, warum ich mich so lange nicht gemeldet hätte. Natürlich habe er dieses hervorragende Examen gemacht und das so frühzeitig. Doch auch er habe es nicht leicht gehabt. Ich weiß, sagte er, alle denken, ich wüsste nicht einmal, was Probleme sind. Aber ich habe mich damit beschäftigt. Das wird nur nicht ernst genommen. Dabei habe ich Erfahrung. Er beugte sich zu mir herunter und zischte eher, als dass er flüsterte: Ich weiß, wovon ich rede. Nur weil am Ende doch alles noch geklappt hat; das sagt gar nichts. Ich kenne

Probleme. Mir fehlt nichts! Ich hatte sogar schon, hier machte er eine bedeutungsvolle Pause, mit Krisen zu tun. Gut, man kann auch als Sieger daraus hervorgehen, das kann passieren, damit muss man rechnen. Ich war mir der Gefahr immer bewusst. Sein Lächeln zuckte nervös, zum Ausgleich bewegte er nun auch seine Achseln. Und ich weiß schon, dass ihr mir das nicht glaubt, ihr alle nicht. Ihr habt doch keine Ahnung.

Aber begreifst du denn gar nicht, dass ich nicht die bin, für die du mich hältst?, fragte ich.

Doch damit hatte er gerechnet: Niemand ist der, für den die anderen ihn halten; selbstverständlich können wir einander nie wirklich erkennen. Das wusste ich immer schon. Und ich beziehe dieses Wissen als generelle reservatio mentalis in meine Erfahrungen ein. Nun gut, nicht alle sind in der Lage, das zu bemerken; aber dafür hast du dein Leben, so ein richtiges Leben mit allem drum und dran, was man so erwartet, peergruppengerecht, hast du doch? Oder etwa nicht?

Ich schüttelte den Kopf: Du kannst nicht einfach jemanden ansprechen und erwarten, dass das automatisch eine Studienfreundin oder Klassenkameradin ist.

Er lächelte so verständnisvoll ungläubig, dass ich endlich den wahren Grund erkannte, weshalb mir sein Gesicht so gar nichts sagte. Nicht ich war kurzsichtig, sondern er. Es konnte gar nicht anders sein. Ich wollte das nur nicht mit ihm diskutieren. Und so gab ich zur Ablenkung vor, die letzten Jahre im Ausland verbracht zu haben; neben internationalen Stipendien erwähnte ich – im Vertrauen darauf, dass der Buddhismus immer noch als persönlicher Gewinn angesehen wird, während in Europa traditionell verwurzeltere Religionen auch im internen Karrierefall nur als biografisches Desaster betrachtet werden können – ein buddhistisches Zentrum, in dem ich meine Zeit sinnvoll auf der Suche nach dem Nichts verschwendet hätte.

Zerstreut nahm er an der Garderobe seinen Mantel und einen

Angelkoffer in Empfang und sah sich nach dem Ausgang um. Ja, dann, also, sagte er, das nächste Mal meldest du dich hoffentlich früher wieder. War nett mit dir.
Ich wollte ihm noch versichern, dass ich ihn trotz Adventsdepressionen, auch ohne seinen Namen und seine Adresse zu kennen und ohne jemals Antwort zu bekommen, ab jetzt regelmäßig mit Weihnachtskarten bedenken würde, aber er war bereits verschwunden.
Und wo ist Ihre Marke?, herrschte mich eine der beiden Garderobenfrauen an.
Ich hatte keine Marke.
Sie hat ihre Marke verloren, sagte die Frau zur anderen.
Nein, sagte ich.
Dann suchen Sie.
Ich habe gar nichts abgegeben, sagte ich, aber die Garderobenfrau hörte nicht zu und fragte mich bereits seufzend nach Größe und Farbe meiner Jacke und drohte Ordnungsstrafen an.
Es tut mir leid, sagte ich, es tut mir leid, ich muss weg, ich muss dringend – gibt es in der Nähe eine Apotheke? Ich muss dringend zur nächsten Apotheke.
Und da wollen Sie nichts überziehen? Wenn alle Leute es so machen würden wie Sie, würde gar nichts mehr abgeholt. Sehen Sie sich an, was wir hier horten. Dieser Koffer steht seit zwei Wochen hier, also, wenn Sie wollen – nicht Ihr Geschmack, das merken wir schon. Aber dieser Mantel? Nein? Gut. Aber Rucksäcke haben wir, also Rucksäcke, die kann jeder brauchen – aber Sie, Sie ganz besonders. Jetzt seien Sie nicht so schüchtern. Nehmen Sie mit, was Sie wollen. Hier, in dieser Tasche ist als Zugabe noch eine Querflöte drin! Und Schirme aller Art, auch Pullover, sogar T-Shirts haben wir hier, die sind alle zusammen abgegeben worden, in einem Sack – da, sehen Sie? Wir wollen nicht so sein, wir drücken gern mal ein Auge zu. Sie sagen uns Ihren Preis, und wir suchen Ihnen was Schö-

nes zusammen. Da – da – das glauben Sie nicht! Was die Leute hier alles vergessen, rief die Garderobenfrau weniger mir als ihrer schweigenden Kollegin zu. Und für besondere Anlässe, nun senkte die Garderobenfrau die Stimme, redete aber weiterhin in Richtung ihrer Kollegin, für besondere Anlässe, für wirklich besondere Anlässe, da haben wir etwas; damit fallen Sie auf. Damit sind Sie was Besonderes. Etwas ganz Besonderes! Damit heben Sie sich ab von der Masse – und nun, endlich, hatte die zweite Garderobenfrau genug. Sie schlurfte zu einem schmalen separaten Schrank hinter der Taschenablage und öffnete ihn so, dass die Tür sie verbarg. Als sie zurückkam, trug sie einen schwarzen bodenlangen Pelzmantel. Ihre Hände steckten in einem Muff.

Das ist es! Das ist das Richtige für Sie! Gut, wir haben noch etwas anderes. Das hier – das steht Ihnen. Das passt zu Ihnen. Sie werden ein neuer Mensch! Wissen Sie, ohne uns kämen Sie nie an so etwas heran.

Ich murmelte nur matt: Apotheke, und verließ das Tagungsgebäude. Mein Verfolger war nirgends zu sehen. An der nächsten Straßenecke fand ich einen Taxistand. Zum Bahnhof, rief ich dem Fahrer zu und war froh, dass er zügig anfuhr. Dieser Taxifahrer fragte mich auch nicht, was ich von Köln hielte. Stattdessen schimpfte er über Politiker; er habe mal einen chauffiert, hohes Tier; aber von ihm aus – nie wieder. Man wisse ja, wie das laufe. Konferenzen, Parteitage, Staatsbesuche, informelle Treffen, Gespräche, Umwege wegen Attentatsgefahr, Entführungsgerüchte, Verfolgungsjagden, oh ja, die ganze Schikane, ständiger Zeitdruck, aber Straßenverkehrsordnung bleibe Straßenverkehrsordnung. Und ohnehin gehe es danach gleich wieder in die andere Richtung, mit anderen Umwegen, Treffen, Absprachen, das ganze Gerede, daran hätten auch die Medien nichts geändert, nein, alle seien noch viel mehr unterwegs, hin und her und wieder zurück, in der Privatwirtschaft undenkbar, von ihm werde Effizienz erwartet, ausgerechnet von ihm. Dabei habe er das alles mitbekommen, das sei in seiner unmittelbaren Nähe geschehen; und das nenne sich dann Demokratie. Er da unten – da vorn – da hinter der Windschutzscheibe, der kugelsicheren, da, am Steuer der Mächtigen, sei da schon ins Grübeln gekommen; aber er habe ja mitgemacht, auch er sei Teil des geregelten Geldmittelabflusses gewesen, eingesperrt zwischen Sparzwang und Ausgabenzwang, und dann all die Sonderschichten und Überstunden, alles durchökonomisiert, wie überall, das kenne man; allerdings stehe er unter Geheimhaltungszwang, immer noch. Aber was für ein Material. Solche Autos könne er sich als Mittelständler nicht leisten, das sei schon hart gewesen. Man fahre da ganz anders. Und die Kameras. Fernsehteams, die darauf warten, dass sich eine Tür öffnet, Reporterscharen, die ihn kaum durchgelassen hätten – seine Tür habe er ja nie geöffnet vor den Kameras, die Scheiben alle abgedunkelt. Aber Rücksicht habe er nehmen müssen, auf Kameras und Kameraleute. Damit nur nichts passierte. Es sollte nur nichts passieren, das sei das höchste Gebot gewesen bei all dem Hin und Her. Er sage nur: Lobby. Er könne auch Spesen sagen. Oder Pfründe. Natürlich, dann warte auch mal ein Jet, exklusiv, bis man zum Flughafen durchgekommen sei. Er wolle ja gar nichts sagen. Aber ihm könne man nichts vormachen. Er habe das alles hautnah erlebt. Jetzt sei er sein eigener Chef. Endlich. Er sei nur froh, dass diese Zeiten vorbei seien.

So eingeübt sein Monolog auch klang, so stockte er doch immer wieder und kontrollierte im Rückspiegel mit strengen Blicken, ob seine Sätze mich auch erreichten. Ich nickte gedankenlos; erst als er am Ende länger schwieg, fiel mir ein, dass er mehr an Reaktion von mir erwartet haben dürfte.

Entschuldigung, murmelte ich, nicht, dass ich nicht beeindruckt wäre von Ihren Ansichten, aber ich habe anderes im Kopf.

Ja, ja, Frauen denken immer an das Wesentliche, sagte er.
Na, ob Prioritätensetzen wirklich meine Stärke ist, weiß ich nicht, gab ich ehrlich zu.
Dafür haben Sie sicher andere Stärken, ermunterte er mich. Soft Skills. Was für Erfahrungen haben Sie denn bisher im Umgang mit Mensch und Maschine?
Ach, so pauschal –, bedauerte ich.
Sehen Sie – sehen Sie, Soft Skills, triumphierte er. Ich habe es gewusst. Sie waren mir gleich sympathisch.
Ich lächelte seine Augen im Rückspiegel an und versuchte nicht zu zeigen, wie sehr er mich anstrengte. Sein Blick bohrte sich in meinen: Und wie planen Sie Ihr weiteres Leben?
Mein Gesichtausdruck muss panischer geschwankt haben, als ich selbst mitbekommen hatte, denn er wiegelte sofort ab: Nein, nein, persönlich will ich gar nichts wissen. Wie käme ich dazu. Nur: Wo sehen Sie sich in zehn Jahren? Und wie genau stellen Sie sich Ihre Tätigkeit in meinem Unternehmen vor? Und wieder sah er mich an, sein Blick im Spiegel wirkte weniger stechend, aber in seiner Freundlichkeit umso verpflichtender.
Tja, da ich nicht Autofahren kann, begann ich.
Ihr Frauen unterschätzt euch immer. Ich nehme wirklich jeden, warf er ein.
Aber ich habe keinen Führerschein. Ich bin nicht von hier. Ich würde nie eine Taxiprüfung bestehen. Und mir würde nie ein passendes Smalltalkthema für die Fahrtgäste einfallen, rief ich. Und dennoch wusste ich: Wenn jetzt kein Wunder geschähe, dann würde ich als Kölner Taxifahrerin enden. Was für ein Triumph für meine ehemaligen Schulkameraden, was für ein schäbiger Triumph.
Wann kommen wir denn zum Bahnhof?, fragte ich.
Da vorn, wir sind fast da. Und, wie gesagt, überlegen Sie es sich. Wir haben auch eine Telefonzentrale, da brauchen wir

immer Personal; und falls Sie sich weiterbilden wollen – als Automechanikerin könnte ich Sie mir auch vorstellen. Immer freundlicher guckte der Taxifahrer in seinen Rückspiegel, bis mir nichts anderes übrigblieb, als aus meinem Seitenfenster zu schauen: Zum Hauptbahnhof, hatte ich gemeint, merkte ich an.

Und? Stimmt was nicht?

Das ist nicht der Hauptbahnhof. Wo ist der Dom? Wo sind wir denn hier?

In Bonn. Natürlich in Bonn.

Natürlich. Das ist Bonn? Das ist Bonn? Wie kann ich in Bonn sein, ohne es zu merken? Und was soll ich in Bonn?

Wie gesagt, mein Angebot steht, überlegen Sie es sich.

Doch ich wühlte bereits in meiner Tasche, fand meinen Geldbeutel, bezahlte, sprang aus dem Taxi und lief auf den Bahnhof zu – bis mir die junge Frau auffiel, die mit all ihrem Gepäck vor dem Eingang stand. Sofort kam es mir übereilt vor, mich so schnell schon wieder von dieser Stadt zu verabschieden. Wenn ich schon einmal in Bonn war, konnte ich das auch ausnutzen und Bus fahren. Zufällig befand ich mich gerade an einer Bushaltestelle, und der nächste Bus kam sofort.

Ich fahre selten Bus. Dabei sind Busse viel günstiger als Taxis. Allerdings gibt es Nachteile. Man weiß nicht, wohin man fährt; vor allem, wenn man so hektisch eingestiegen ist, dass man sich zuvor nicht über die Richtung hat informieren können. Aber das ließ sich ja nachholen. Eingeklemmt zwischen Kinderwagen und Einkaufskörben fragte ich die Frau, die direkt vor mir stand: Wohin fährt dieser Bus?

Und alles so ruhig, sagte sie und strahlte mich an, bis ich bemerkte, dass ihr Lächeln der Frau neben mir galt. Ich probierte es noch einmal lauter, aber für beide Frauen blieb ich Luft, auch wenn mich die mit dem strahlenden Lächeln weiterhin direkt ansah. Auf ihrem Gesicht lag der erfüllte, Glanz verströmende Ausdruck, über den die wenigen Menschen verfügen, die genau den richtigen Abstand zur Realität halten. Ihre Ausstrahlung ermöglichte es ihr, ohne stimmlichen Kraftaufwand den gesamten vollgestopften Bus darüber zu informieren, was für einen wunderschönen Tod ihre Mutter gestorben sei. Nein, nein, ich war nicht dabei, aber eine Freundin, sagte sie auf Nachfrage der anderen Frau, ganz so, wie sie es sich gewünscht hatte. Darauf kommt es doch an. Ich habe am folgenden Vormittag davon erfahren. Und das Institut, das sie selbst noch beauftragt hatte, war so liebevoll ausgewählt – jetzt muss ich mich noch informieren über die Grabsteinpreise, ich mache das auch zum erstenmal. So bekommt man das mit. Sie strahlte über das ganze Gesicht.

Die Frau neben mir in ihrem Umstandskleid klinkte sich dennoch aus dem Gespräch aus – außer einer zu gründlichen Beschreibung der Wohnanlage, in der die verstorbene Mutter ihre letzten Jahre verbrachte hatte, war auch nichts Neues mehr zu erfahren – und fing stattdessen an, mit sich selbst zu reden. Ich suchte die Freisprechvorrichtung, die immer mehr Verwirrte auf den Straßen in harmlose Mobiltelefonierer verwandelt, fand aber nur ein Kleinkind in einem Stoffrucksack auf ihrem Rücken. Das Kind konnte mir ebensowenig wie meine anderen Mitreisenden die Route des Busses erklären; aber die Chance, bei ihm ein Lächeln oder irritiertes Stirnrunzeln zu erregen, war zu verlockend, um verschenkt zu werden. Über diesen Umweg gewann ich wiederum die Aufmerksamkeit der Mutter, die meine Bewunderung für ihr hässliches Kind genoss und mich mit Zentimeter- und Grammangaben und längeren Ausführungen zum Schlaf- und Trinkverhalten versorgte und sich darin auch nicht stören ließ, als ich immer geräuschvoller in meiner Tasche zu wühlen begann. Erst als das Kind – aufgrund eines Kniffs in sein linkes Bein – zu weinen begann, ließ sie mich in Ruhe. Ich suchte einen Sitzplatz und drängelte mich dafür bis ans Busende; aufgehalten wurde ich von einer Gruppe Kinder, die an der nächsten Haltestelle von einer einzigen Begleiterin in den Bus geschoben wurden. Einige waren, was die Körpergröße betraf, schon keine Kinder mehr, seltsam kräftige, fehlproportionierte Jungen, andere waren klein und mager und ständig in Bewegung. Sie tauschten untereinander variationsfrei dieselben abgehackten Sätze aus, lachten mechanisch, ein Lachen, das wie ein Aufstöhnen über die unbegreifliche Minderwertigkeit des Gegenübers klang und auch so eingesetzt wurde, und sie schlugen sich gegenseitig, hauten mit den Händen auf Köpfe, Hintern und Nasen, rammten ihre Ellenbogen und Knie in Bäuche und zwischen Oberschenkel. Von ihren ausladenden Bewegungen wurden andere Passagiere in Mitleidenschaft gezogen, was sie selbst nicht zu merken schienen, nur wenn sie ihre Wärterin trafen, hielten sie ein beiläufiges *Oh – Entschuldigung* für angebracht. Die Frau behielt unerschütterlich gute Laune: Na, wenn das mal nicht mit dem Eiswagen passiert. Dann könnte es doch lange Gesichter geben, nicht wahr?

Dennoch war ich ehrlich gerührt, dass es Menschen gibt, die sich um Zurückgebliebene kümmern.

Wieso zurückgeblieben, sagte die heisere Stimme des Obdachlosenzeitungsverkäufers, den ich in diesem Bus bisher nicht bemerkt hatte, das sind Kinder.

Ich kämpfte mich vor zur Ausstiegstür. Dieser Bus war zu voll. Das nächste Mal musste ich wieder Taxi fahren. Schnell sprang ich heraus und überquerte die Straße, noch bevor der Bus wieder anfahren konnte. Mitten auf der Fahrbahn allerdings kam mir ein Auto aus der anderen Richtung zu nah, ich sprang zurück, hörte im Geist bereits Unfallsirenen, doch auch dem nächsten Auto konnte ich ausweichen. Ich rettete mich vor die Räder eines Fahrrads.

Der Schmerz war erträglich, ich öffnete die Augen und lag

noch immer auf der Straße, kein Chefarzt einer Komaklinik beugte sich über mich, sondern eine meiner ehemaligen Klassenkameradinnen, über dem runden, besorgten Gesicht ein Fahrradhelm.

Es tut mir so leid, sagte sie immer wieder, sind Sie okay? Bitte, sind Sie okay? Sie können hier nicht liegenbleiben.

Mit ihrem Fahrrad, auf dessen Kindersitz ein kleiner Junge mit Fahrradhelm hockte, und ihrem Fahrradanhänger, in dem zwei noch kleinere Kinder, das eine im Babyalter, mit Fahrradhelmen saßen, versperrte sie die halbe Straße; innerhalb von Sekunden hatten wir einen Stau und entsprechenden Aufruhr ausgelöst. Ich war müde. Ich tat mich schwer damit aufzustehen. Meine Klassenkameradin schleifte mich an den Straßenrand, von der Angst um mein Leben allerdings erheblich abgelenkt durch ihre Kinder, die krähten, dass sie allein nach Haus laufen würden, wenn es nicht bald weiterginge.

Bitte, fragte sie, brauchen Sie einen Arzt?

Nein, sagte ich, ich habe nur Angst, ich könnte die Kontrolle über mein Make-up verloren haben.

Sie lächelte und schüttelte den Kopf, dann hielt sie inne, ihr Lächeln fror ein: Du! Du bist das. Sie hörte auf zu beteuern, wie leid ihr unser Unfall tue, und ich bekam Gelegenheit, ihr vorzuwerfen, dass sie mit so vielen Kindern unterwegs war. Die Frage, was du in den letzten Jahren getrieben hast, erübrigt sich, sagte ich, während sie mich aufrichtete. Sie schob ihr wackliges Gefährt mit Anhänger und Kindern auf den Bürgersteig. Komm, wir gehen nach Haus, sagte sie. Du brauchst Ruhe.

Früher hatte es ihr fern gelegen, Feingefühl vorzutäuschen. Aber obwohl ihr Zuhause ein kinderreiches Zuhause war, konnte es nur ruhiger als diese Straße sein, auf der gerade der Obdachlosenzeitungsverkäufer, der den Bus anscheinend ebenfalls verlassen hatte, eine Limousine heranwinkte, trotz allgemeinem

Gehupe steuerte sie an den Straßenrand, sie fuhr so nah heran, dass ich die Instrumentenkästen im Kofferraum entdecken musste; ich ging mit.

Statt sich gleich danach zu erkundigen, wie es mir in den vielen Jahren seit unserem Schulabschluss ergangen war, sprach meine Klassenkameradin zu ihren Kindern, mit denen sie doch ununterbrochen zu tun hatte. Sie lachte ihr wohltönendes rundes Lachen, reckte ihrer Brut ihr fröhliches Gesicht unter dem bunten Fahrradhelm entgegen und gab mit ihrer gesunden Stimme Laute von sich, die Aufmerksamkeit signalisierten. Mich ignorierten die Kinder. Nur der kleine Junge im Kindersitz fragte, ob ich den Zusammenstoß auch so geil gefunden hätte. Doch meine Meinung wollte er dann gar nicht wissen. Er schien auch wegzuhören, als ich ihm erklärte, woher ich seine Mutter kannte und dass Kinder in einem gewissen Alter von zu Haus fortgeschickt und in Schulen eingesperrt werden.

Meine ehemalige Mitschülerin wandte sich zu mir um: Ja, was für ein Zufall, dass wir uns getroffen haben, ausgerechnet wir.

Wie meinst du das?, fragte ich.

Nun, da ist soviel, das uns verbindet – das schafft ja doch Vertrauen.

Ich bekam Schluckauf. Komm, jetzt gibt es erst mal Abendbrot, sagte sie, als wir das Mietshaus, in dem sie wohnte, erreichten, du siehst, die Kinder haben dich bereits ins Herz geschlossen.

Alles, was ich sah, waren hüfthohe Absperrungen im Treppenhaus, die kleine Kinder in allen Stockwerken am Herunterfallen hindern sollten. Jedes einzelne Gitter musste geöffnet werden, was nicht leicht war mit einem Baby auf dem Arm und zwei kleinen Kindern, die sich an die Beine ihrer Mutter klammerten und behaupteten, sie könnten nicht Treppen-

steigen und müssten ebenfalls getragen werden; es gelang ihr trotzdem, die Gitter auch wieder ordentlich zu schließen. Und sie nahm mir nicht übel, dass ich ihr nicht einmal ihre Taschen abgenommen hatte. Doch ich wollte mir alle Chancen für eine schnelle Flucht wahren. Schließlich wusste ich nicht, was ich von dieser Einladung halten sollte.
Meine Klassenkameradin wirkte unnatürlich beschwingt. Dass Erwachsene sie wahrscheinlich selten besuchten in ihrer engen Wohnung, die ich praktisch geschnitten fand, nur um nichts zu den Kinderkritzeleien sagen zu müssen, mit denen die Wände tapeziert waren, konnte nicht der einzige Grund für ihre Einladung sein. Sie gab sich unbefangen, was keine Kunst war bei drei Kindern, die von Fahrradhelmen, Schuhen und Jacken befreit zu werden verlangten, und versuchte mein Misstrauen mit Geplauder darüber zu zerstreuen, wie viele Kinder im Haus wohnten und wie nah der Kindergarten lag. Die Unordnung in Wohnungsflur und Küche präsentierte sie so übertrieben entschuldigend, dass umso deutlicher wurde, wie stolz sie auf ihr Chaos war.
Nein, nein, sagte ich, du hast dir deine Sozialhilfe redlich verdient. Kinder sind doch der bestmögliche Grund für alles, was nicht geht und nicht läuft und nicht möglich ist.
In ihr zufriedenes Lächeln mischte sich ein verschlagener Zug. Man hat immer ein schlechtes Gewissen, sagte sie.
Jetzt sei doch glücklich, herrschte ich sie an. Das fröhliche Grinsen, dass sie mir daraufhin zuwarf, funktionierte mir allerdings etwas zu gut und zu schnell. Sie lief in ihrer engen Küche zwischen Spüle, Wasserkocher und Küchenschrank hin und her, und erst nach einer Weile begriff ich, dass sie, statt mir einen Kaffee zu kochen, eine Milchflasche für ihr Baby vorbereitete.
Die beiden anderen Kinder stellten sich vor mir auf. Ich bin ein Mädchen, sagte das Mädchen. Niemand wäre darauf ge-

kommen, es nicht für ein Mädchen zu halten in seinem Kleidchen mit der Aufschrift *Little Princess*, mit seinen Zöpfchen und Haarschleifchen und Kettchen und Ohrringchen und Armbändchen und dem Nagellack an den Fingernägelchen. Ich fragte, wie alt es sei. Acht, neun, zehn, sagte es.

Drei, widersprach ihr Bruder. Er trug Camouflage. Ich bin fünf. Und das stimmt. Ich werde sechs, drohte er. Und wie alt bist du?

Meine Stimme quietschte, während ich nun mit den Kindern sprach, das kam aber nur von dem verkrampften Lächeln, mit dem ich die Bestien zu besänftigen versuchte. Meiner Klassenkameradin schien das sogar zu gefallen; sie drehte sich um und zwinkerte mir zu. Ohnehin lief die Verständigung leichter als erwartet, zumindest solange wir uns im Reich der Zahlen bewegten. Doch nun wollte der Junge wissen, ob ich auch Kinder hätte. Warum nicht?, krähte das Mädchen dazwischen.

Ich zwang mich wieder zu einem Lächeln und bekam sofort die Quittung dafür. Meine Klassenkameradin packte mir ihr Baby auf den Schoß. Sie musste verrückt sein. Wenn sie mir ihr Baby übergab, vertraute sie es jedem an.

Geht's dir gut?, fragte sie scheinbar arglos, während ich versuchte, das Kind aufrecht sitzen zu lassen.

Ja, wenn ich ehrlich bin, kenne ich nur Leute, denen es schlechter geht, sagte ich.

Schön, dass du dich erholt hast. Wenn dir bei diesem Zusammenstoß etwas passiert wär – nie hätt ich mir das verzeihen können, heuchelte sie. So stand es also; sie beschäftigte sich in Gedanken mit Unfallfolgen, liebäugelte bereits mit meinem Tod.

Das war so ungeheuerlich, dass ich gar nichts dazu sagen konnte. Ich wollte nicht zu erkennen geben, dass ich sie durchschaut hatte. Also richtete ich meine ganze Aufmerksamkeit auf das Baby.

Es war knapp acht Monate alt, stand also kurz vor dem Punkt, an dem Babys durchaus niedlich sein können, sofern sie zu den Kindern gehören, die jemals niedlich werden. Keine Angst, er fremdelt noch nicht, sagte meine Klassenkameradin. Aber er ist bereits abgestillt.

Ich verstand nicht, weshalb mich das interessieren sollte. Ich sagte, dass ich in Antwerpen ins Theater gehen wolle. Antwerpen hat ein ausgezeichnetes Theater.

Da beneide ich dich, gab sie zu, für so etwas hätte ich auch gern Zeit. Und sie drückte mir die Milchflasche in die Hand.

Eigentlich hatte ich überhaupt keine Zeit. Doch das Baby gierte nach seiner Milch, und meine Klassenkameradin kümmerte sich nicht weiter darum, sie deckte bereits den Küchentisch zum Abendessen.

Ich war überrascht, wie gut das Baby in meinem Arm lag. Es rutschte nicht ab und trank ruhig. Erst nach einer Weile fing es an, lebhafter zu werden. Es blinzelte und drehte sich weg, so dass die Nuckelflasche aus seinem Mund rutschte, sah mich an, zog die Mundwinkel auseinander, blickte zur Seite, wandte sich wieder mir zu und zeigte seine beiden Zähne. Es schlug mit den Händen auf meine Arme, versuchte unkoordiniert, meinen Bauch heraufzuklettern, blinzelte und legte den Kopf schief. Wahrscheinlich eins von diesen Kindern, die jede Frau mit ihrer Mutter verwechseln. Es nahm mich nun völlig in Anspruch. Als ich die Milchflasche wegstellte, stieß ich die Mandoline meiner Klassenkameradin hinunter; Entschuldigung, rief ich, das habe ich nun wirklich nicht gewollt.

Ich spiele nicht mehr, sagte sie, während sie weiter das Essen vorbereitete, nur durch Zufall ist sie mir vor kurzem wieder in die Finger gekommen. Ich habe ja keine Zeit. Bitte – ach, ich weiß gar nicht, wie ich auch nur ein paar Tage ohne meine Kinder auskommen könnte.

Und ich wusste immer weniger, was ich von ihr halten sollte.

Du hast doch nie Kinder gewollt, sagte ich, ich kann mich noch erinnern, wie du im Biologieunterricht den ganzen Mechanismus der Kinderherstellung, wie sich etwas in dir einnistet und wächst und wächst, als unnatürlich bezeichnet hast, du hast dich hineingesteigert in Abscheu und Entrüstung darüber, dass Sex mit der Möglichkeit solch fieser Folgen verbunden ist.
Ja, sagte sie ungerührt vor ihren Kindern und lachte dazu, dabei war es eigentlich der Geschlechtsverkehr, der mir pervers vorkam. Dass ich das nicht sagen konnte, wusste ich schon.
Dein Stand in der Klasse war wacklig genug.
Wir hätten über unsere Ängste reden sollen.
Bloß nicht, sagte ich. Das hätte nur ins Konzept gepasst. Je jünger wir waren, desto echtere Gefühle wurden von uns erwartet. Ein Glück, dass das vorbei ist.
Sie lächelte. Wenn du hier übernachten willst, kannst du gern bleiben.
Bis dahin hatte ich nicht bemerkt, dass ich aussah, als könnte ich mir kein Hotel leisten. Wir haben uns noch nie etwas zu sagen gehabt, sagte ich, außer Beleidigungen natürlich.
Sie konnte heute darüber lachen. Ich begann zu schwitzen. Doch mich jetzt zu verabschieden, wäre mehr als unhöflich.
Den Kindern war das alles egal. Das Baby schob glucksend seine Faust in den Mund, der Junge und das Mädchen rannten durch die Wohnung, stießen gegenseitige Verwünschungen aus, sie schlugen und kniffen und bissen einander, schließlich hing das Mädchen mit den Zähnen im Pullover seines Bruders und ließ sich von ihm durch die Küche schleifen. Er versuchte, es loszuwerden, und hieb mit seinen Fäusten nach ihm. Mama, rief er, Mama, Hilfe! Hilfe, Mama, sie macht meinen Pullover kaputt! Mich beachteten sie nicht.
Hört auf! Wir Großen wollen miteinander reden, rief meine ehemalige Mitschülerin. Als die Kinder daraufhin überra-

schenderweise ruhig wurden, mussten wir also unser Gespräch fortsetzen, während das Baby seine Windel füllte und die Züge nach Antwerpen fuhren. Wir verloren ein paar Worte über die traurigen Gestalten, die mit uns zur Schule gegangen und jetzt in Psychosekten, Rehakliniken und Resozialisierungswohngemeinschaften dahinvegetierten. Danach lächelte sie mich erwartungsvoll an. Wahrscheinlich erwartete sie, dass ich jetzt mein Scheitern vor ihr ausbreitete. Ich wollte ihre Erwartungen nicht enttäuschen und sie mit Erfolgen deprimieren; in ihren Ohren musste ja selbst mein Lotterieglück bei den letzten Preisausschreiben – immerhin Pralinen und Probeabonnements – demoralisierend klingen. Berufliches versuchte ich gleich herunterzuspielen, ich redete mich mit der protestantischen Arbeitsethik heraus, die allein für alles verantwortlich und bekanntermaßen doch hochproblematisch, gar nicht gesund sei. Und letztendlich sei ich mit kaum einer meiner Arbeiten wirklich zufrieden. Man mache immer Kompromisse, genauer gesagt, man kapituliere. Man kapituliere unentwegt, finde sich mit der eigenen Mittelmäßigkeit ab – und das sei immer noch das größte Scheitern. Wenn ich an Anspruch und Wirklichkeit meiner *Humbug-Variationen* dächte oder an die viel zu großangelegte *Suche nach den verlorenen Hemmungen* oder auch an *Das Verlorene Gesicht* – und geradc davon hätte ich mir etwas versprochen. An die *Bekenntnisse eines Verschwörungstheoretikers* wolle ich jetzt gar nicht denken. Da hätte ich versucht, möglichst falsche Spuren zu legen und festgestellt, dass die Wirklichkeit sich so radikal gar nicht verfehlen ließ, wie mir – allein schon aus rechtlichen Gründen – lieb gewesen wäre. Das sei also im Ansatz schon verfehlt. Und dafür viel zu erfolgreich. Aber überhaupt sei reiner Radio-Ruhm ein begrenzter Ruhm, heutzutage.

Gilt das nicht für jeden Ruhm?, fragte meine Klassenkameradin.

Ich wollte nicht mit ihr darüber diskutieren, sondern kam, während sie Brot schnitt, Butter schmierte, Bananen schälte, Brei aufwärmte und gleichzeitig so tat, als höre sie mir zu, auf den Bedeutungsverlust der Stadt Bonn zu sprechen. Ja, sagte ich, das ist Bonns Chance. Tragisch höchstens für Taxifahrer. Doch Bonn ist aufgeblüht. Und das liegt nicht an den Ausgleichssubventionen und Fördermaßnahmen, an all diesen Ersatzlösungen, Alternativvorschlägen, Parallelaktionen. Die sind genau der falsche Weg. Nichts als oktroyierte Identitäten! Nein, Bonn blüht auf, weil es endlich zu sich selbst kommen darf. Es hat doch immer nur bescheiden getan. Jetzt hat es die Möglichkeit, zu werden, wie es ist. Und was es ist. Das Provisorium hat sich erfüllt, ist Geschichte – jetzt endlich kann, jetzt muss Bonn Bonn werden! Doch das Raumschiff ist noch nicht gelandet. Ein mühsamer Weg nimmt erst langsam seinen Anfang –

Aha?, warf meine Klassenkameradin ein. Echt? Und obwohl ich bewusst ein Thema gewählt hatte, das sie wirklich anging, fragte sie übergangslos: Weißt du, wie viele von den anderen inzwischen Kinder haben? Immer wieder kam sie auf die Schule zurück – sie schien besessen von dem Thema.

Ich bedauerte: Mein letzter kommunikativer Beitrag in Richtung Klassenkameradschaft war, das Gerücht zu verbreiten, ich hätte eine Haftstrafe wegen gefährlicher Körperverletzung abzusitzen und sei überhaupt sehr gewalttätig geworden.

Bist du in diesem Verein?, wollte sie wissen und nahm mir endlich ihr Baby ab.

An diesem Punkt war ich fast froh, dass sich die Kinder wieder einmischten. Während das Baby glücklich schien, nun bei seiner Mutter zu sein, wurden die anderen beiden umso lauter. Ständig riefen sie nach ihrer Mutter, verlangten Süßigkeiten und Getränke und heulten laut, wenn sie aufs nahe Abendessen vertröstet wurden. Sie rannten herum, schubsten einander und weinten, noch bevor sie wirklich hinfielen. Und immer lauter brüllten sie nach ihrer Mutter, zeigten ihre Wunden, frische Prellungen und beginnende Beulen, und als das Mädchen ein Pflaster bekam, wollte der Junge auch eins, und als seins größer ausfiel als ihres, schrie sie nach Gerechtigkeit, Mama, schrie sie, bis sie ein zweites Pflaster bekam, das nun den Jungen ärgerte, weshalb auch er ein zweites Pflaster erhielt. Aber jetzt ist Schluss, sagte meine Klassenkameradin, doch das Mädchen quengelte weiter, und jetzt begann auch das Baby zu schreien, und der Junge rief ebenfalls so laut nach seiner Mutter, so dass ich mich anstrengen musste, um sie alle zu übertönen. Ich hatte überhaupt keine Lust, mich anzustrengen, mitzuteilen hatte ich auch nichts, war also eigentlich nur glücklich, gar nichts mehr sagen zu können; und außerdem wollte ich mit diesem ganzen Kinderkrach möglichst wenig zu tun haben. Und dennoch mischte ich mich ein, schickte meine Stimme in dieses wilde Durcheinander; Ruhe, blökte ich. Als ich damit kein Gehör fand, versuchte ich es mit Drohungen, ich erklärte, dass ich sie aufnehmen und senden würde, dass ich sie auch ins Internet stellen könne, doch das bekamen sie gar nicht mit, so laut waren sie. Dabei gestalteten sie ihr Spektakel ohne großen Aufwand, hochökonomisch und effektiv setzten sie ihre stimmlichen Mittel ein. Ich gehe!, schrie ich, ich mache nicht mehr mit! Es schien ihnen egal zu sein, den Kindern ohnehin, aber auch meine Klassenkameradin wirkte unbeeindruckt. Ich fühlte mich immer unwohler in dieser Küche, eng, wie sie war, und zugig dazu. Mama, brüllte ich schließlich, denn das schien das einzige zu sein, worauf sie hörte: Mama! Mama, Mama, Mama, mir ist kalt. So drang ich immerhin zu ihr durch. Und auch die Kinder wurden endlich etwas ruhiger. Doch statt mir endlich einen heißen Kaffee zu machen, warf meine Klassenkameradin mir vor, dünn zu sein.

Das sieht nur so aus, rief ich, das T-Shirt ist mir zu groß. Ich esse genug! Natürlich hatte sie allen Grund, mich um meine Figur zu beneiden. Gibt es hier wenigstens eine Heizung? Mir ist kalt, jammerte ich.
Eine Strickjacke hätte ich für dich.
Eine Strickjacke. Sicher eine viel zu weite. Die dennoch kratzen würde. Vor Empörung fing ich an zu weinen. Anscheinend hatte meine Klassenkameradin immer noch nicht begriffen, dass ich mich ungern verkleide. Schon damals nicht. Damit fällt man nur auf! Das wollen meine Tanten nicht! Verstecken – ja, verändern – immer, verkleiden – nein! Zieh sie doch selbst an, deine dumme Strickjacke, schrie ich. Tief entsetzt war ich über diesen Vorschlag meiner Klassenkameradin und nur noch entsetzter über meinen Ausbruch. Auch wenn es nicht uninteressant war zu erfahren, wie gut das noch ging, nach so vielen Jahren. Alle hörten mir zu, sogar die Kinder. Allerdings nicht lange.
Ich fress dich auf!, brüllte der kleine Junge einen Schokoriegel an, den ihm seine Mutter sofort abnahm. Der Junge steigerte sein Gebrüll, unterstützt von lautem Ich-will-auch-Geheul seiner Schwester, bis meine Klassenkameradin seufzend den Riegel auspackte und in zwei gleich große Teile zerschnitt. Und das direkt vor dem Abendessen. Inkonsequent, wie meine Tanten. Ich streckte wortlos meine Hand aus. Sie sah mich erstaunt an, lächelte dann und brach von beiden Teilen jeweils ein Stückchen für mich ab, ohne das mit einem Wort zu kommentieren. Ich war fassungslos. Dass meine Tanten versäumt hatten, mich zu erziehen, konnte doch kein Grund für sie sein, das jetzt nicht nachzuholen.
Unter diesen Bedingungen schmeckte mir die Schokolade schlecht. Es war widerlich. Was sollte meine Mitschülerin von mir denken. So durfte das nicht weitergehen. Ich musste etwas tun: fliehen. Endlich nach Antwerpen reisen. Verantwortung

übernehmen. Alles ändern. Es – alles, alles – der Welt beweisen! Mir war übel.

Meine Klassenkameradin nahm einen Lappen und wischte die Mischung aus Speichel und weicher Schokolade auf, die mir aus dem Mund tropfte. Die Kinder hatten uns stumm beobachtet; zufrieden konnten sie mit dieser Schokoladenverschwendung nicht sein, doch vorerst ließen sie sich mit ihren Anteilen das Maul stopfen. Danach begann das Gebrüll wieder und wurde immer lauter. Das Mädchen wollte meiner Klassenkameradin etwas zeigen; der Junge verriet, was, und deshalb fuhr es ihm mit den Fingernägeln durchs Gesicht, wobei es greller quäkte als er, obwohl er das ausgeprägtere Mickymaus-Organ hatte. Ich versuchte zunächst mitzuhalten, wobei ich mich diesmal an den Lauten des Babys orientierte, das auch wieder schrie. Ich heulte und weinte und fühlte beinahe diesen tiefen eigentlichen Schmerz, den Tante Cecilie mir immer von Erinnerungssimulationsübungen versprochen hatte, in denen Gefühlsjunkies sich in die intensiven, authentischen, ursprünglich-ungebrochenen Stimmungslagen frustrierter Kleinkinder steigern – und diesen Effekt hatte ich auch nur einmal ausprobieren wollen mit meiner kleinen Einlage. Die Kinder allerdings verstanden meine Show völlig falsch. Sie hatten ihr Gezeter inzwischen eingestellt und mir zugesehen. Als ich aufhörte, bat das Mädchen fasziniert: Noch einmal!

Meine Schulfreundin nahm mich in den Arm. Schon gut, murmelte sie, schon gut. Weißt du was, ich mach dir gleich ein weiches Bettchen, da kannst du dich ausruhen und schön schlafen.

Ich nickte; so kontraproduktiv meine Aktion auch verlaufen war – denn eigentlich hatte ich mich nur so unmöglich benommen, um schneller von ihr rausgeschmissen zu werden. Doch sie bedauerte sogar, nicht mehr Zeit für mich zu haben. Ich hätte mich gern länger mit dir zusammengesetzt, sagte sie,

aber die Kinder gehören ins Bett, und ich muss noch arbeiten. Sie legte dem Jungen und dem Mädchen fertig belegte Brote auf ihre Teller und ließ sie zum Essen allein.
Während meine Mitschülerin mir mein Bett vorbereitete, sah ich mich in der Wohnung um, die sich ingesamt größer erwies als erwartet. Neben meiner kleinen Gästekammer fand sich tatsächlich eine Art Arbeitszimmer, zwar ebenso voll mit verstreutem Kinderspielzeug wie der Rest der Wohnung, aber immerhin mit einem Computer. Im nächsten Raum war die Spielzeug- und Kinderkleidungskonzentration noch etwas höher. Drei Kinderbetten standen nebeneinander, das kleinste war umgittert. Am Kopfende klebte ein Zettel, auf dem mit schiefen Buchstaben *Iglu* stand. Nach und nach entdeckte ich immer mehr Zettel. Mit Malerkreppstreifen befestigt, hingen sie an Möbeln und Tapete, keine Zeichungen, nur Wörter; ausgerechnet in diesem Zimmer waren die Wände weniger bunt als in den übrigen Räumen. *Wüste* stand neben der Tür, darüber: *Korallenriff*. An der Lampe stand *Gewitter*, *Zoo* war auf dem Schrank zu lesen. Ein Regal war angeblich ein *Supermarkt*, der Stuhl war mit *Apotheke* bezeichnet, auf dem Tisch klebte das Wort *Wald*. Darunter: *Gefängnis*. Eine Plüsch-Giraffe hieß *Japan*, mitten im *Bach* zwischen den beiden größeren Betten stand der *Mount Everest* in Großbuchstaben. Am Heizkörper klebte: *Titanic*. Daneben: *Hamburg*. Und daneben: *Frische Luft*. Und ich sehnte mich danach, noch nicht lesen zu können.
Als ich so schluchzend auf dem Fußboden saß, kam meine Klassenkameradin, hockte sich neben mich und strich mir übers Haar. Komm, flüsterte sie, alles wird gut, alles wird gut. Du kannst gleich schlafen gehen. Sanft zog sie mich zurück zur Gästekammer, wo sie inzwischen eine Matratze für mich bereitgelegt und Bettzeug frisch bezogen hatte. Doch auch der Junge hatte den Raum für mich vorbereitet; seine Mutter half

ihm gerade noch dabei, ein Papierschild mit der Aufschrift *Panama* an die Tür zu hängen. *Bonn* hieß es neben dem Lichtschalter, *Eis* lag auf dem Boden. Ich konnte mir nicht vorstellen, hier zu schlafen. Doch auf meinem Bett stand *Ich*. Ich lag bereits drin, noch bevor ich mich dazu entschieden hatte; und als ich entdeckte, dass das Wort vollständig *Herzlich* hieß, war es bereits zu spät. Da lag ich wirklich drin.

Durch die Wand hörte ich meine Klassenkameradin ihre Kinder während des Umziehens noch sacht ausschimpfen, von Zähneputzen war so laut die Rede, dass ich es verstand; schließlich sang sie ein Schlaflied, dann wurde es ruhig im Kinderzimmer. Ich muss herausfinden, was hinter dem allen steckt, sagte ich mir – aber da war ich schon eingeschlafen.

Ich schlief tief und fest. Am nächsten Morgen wusste ich, was ich zu tun hatte. Mit dem Traum, in dem ich stundenlang vergeblich versucht hatte, in eine von Nonnen bewachte Apotheke einzudringen, hatte das eher wenig zu tun. Aber alles musste sich ändern. Keine Eskapaden mehr. Ich musste mich darauf konzentrieren, was wirklich zählte. Antwerpen hieß das Ziel. Außerdem musste ich so schnell wie möglich von diesem Ort verschwinden, wo meine Klassenkameradin am Ende glauben mochte, ich hätte Trost gebraucht und sie hätte mich trösten können. Schnell zog ich mich an, nahm meine Strandtasche – schminken konnte ich mich noch später – und schlich zur Wohnungstür.

Nein!, rief eine Kinderstimme. Ich zuckte zusammen. Und so früh es auch war, da saßen der Junge und das Mädchen in ihren Schlafanzügen im offenen Kücheneingang und starrten zur Wohnungstür und winkten mich eifrig zurück.

Aber ich will nur Frühstücksbrötchen kaufen gehen, sagte ich, für uns alle – denn das war die Ausrede, die ich mir für die Situation, die jetzt eingetreten war, zurechtgelegt hatte.

Nein! Aber nicht zur Tür, rief das Mädchen.

Tatsächlich tat sich dort etwas. Ich hörte ein Kratzen, ein Klopfen. Entschlossen drückte ich die Klinke herunter und öffnete die Tür.
Auf dem Treppenabsatz vor der Wohnung kauerte ein Kind, gut fünf Jahre alt. Bitte, darf ich rein?, sagte es mit heller Stimme. Danke.
Wer bist du denn?, fragte ich.
Entschuldigung, sagte das Kind, ich heiße Patrick.
Nein, nicht reinkommen!, brüllten die anderen Kinder, sie kamen angestürmt, drängten Patrick aus der Wohnung, schlugen die Tür zu und blockierten sie mit aller Kraft.
He, sagte ich, was habt ihr gegen ihn?
Erstaunt sah mich der Junge an: Das ist nur so ein Spiel.
Gut, sagte ich, dann spielt. Aber lasst mich gehen.
Doch in diesem Moment kam meine Klassenkameradin, ihr Baby auf dem Arm. Gähnend verscheuchte sie uns, ohne mich auch nur eines Blickes zu würdigen, von der Tür und ließ Patrick herein, womit die anderen Kinder jetzt ganz einverstanden schienen. Kurz unterhielt sie sich mit jemandem vor der Tür; dann ging sie mit allen Kindern in die Küche.
Ich erklärte, dass ich nur schnell Brötchen kaufen wolle.
Trink doch erst mal einen Kaffee, rief meine Klassenkameradin. Ich folgte ihr aber nur in die Küche, um sie von meiner Brötchenidee zu überzeugen. Doch dort setzte sie mir schon wieder, als sei gar nichts gewesen, ihr Baby auf den Schoß, kochte Kaffee und Kakao, ließ sich von den Kindern wirre Träume, schlecht verdaute Trickfilme und offensichtliche Lügen erzählen; dann erst wandte sie sich mir wieder zu. Übrigens, da steht noch jemand vor der Tür, sagte sie, und behauptet, der Mann zu sein, den du auf der ganzen Welt suchst.
Behaupten lässt sich viel, sagte ich unbeeindruckt und versuchte trotzdem – so unauffällig wie möglich – ein paar Schritte in Richtung Bäcker zu machen, um zu kontrollieren,

ob er es war. Doch im ganzen Treppenhaus war niemand zu sehen.

Du hast mich angelogen!, rief ich überrascht, und so schmerzhaft das war, kam mir meine Klassenkameradin ausgerechnet jetzt, wenn ich so ihr Grinsen sah, zum erstenmal fast ein wenig sympathisch vor.

Ja, er ist gleich wieder gegangen, sagte sie. Kleiner Scherz.

Wir lachten gemeinsam, was praktisch war, um das bisschen Zittern, das mich schüttelte, zu verbergen; und die Kinder lachten mit, auch wenn sie ja noch keine Ahnung hatten. Ach, die große Liebe, sagte meine Mitschülerin, mein Gott.

Man träumt eben doch davon, stimmte ich ihr zu.

Und dann steht sie auf einmal vor der Tür!

Tja, man rechnet nicht damit. Man weiß doch, dass man sich etwas vormacht. Man weiß, dass das so nicht geht. Und dennoch entkommt man ihr nicht.

Wenn sie auf einmal – hier vor der Tür! Sie fand es immer noch witzig.

Mein Problem ist, sagte ich, es gibt ihn wirklich.

Ach, so einen hab ich auch, sagte meine Mitschülerin. Der reist nur ständig von Kongress zu Kongress. Weißt du, er hat es einfach durchschaut und viele Mächtige gegen sich aufgebracht, weil er es auch ausspricht – er riskiert viel, aber er macht da nicht mehr mit, er kann nicht anders.

Ich nickte beeindruckt: Oh, ich bin sicher, dass er tapfer kämpft, in seinem Paralleluniversum.

Er ist nur auf einer Tagung in Luxemburg.

Luxemburg, sagte ich, Luxemburg ist ein guter Hinweis. Sofort nahm ich mir vor, Luxemburg ebenfalls häufiger zu erwähnen. Zuerst musste ich aber – rein aus Proporzgründen – auch von meinem Mann erzählen. Um die Sache nicht unnötig zu verkomplizieren, wählte ich ein anschauliches Beispiel. Weißt du, sagte ich, es ist so wie mit einem Gepäckstück. Nehmen wir

mal an – nehmen wir einen Koffer. Du behauptest, dass du einen Koffer verloren hast.
Warum?, krähte das Mädchen dazwischen.
Ich lächelte sie an: Nur um Sendezeit zu füllen. Nein, natürlich wegen des Geldes.
Das verstanden selbst die Kinder. Alle drei nickten über ihren Kakaobechern.
Du denkst dir also eine Verlustmeldung aus, in einigen launigen Sätzen berichtest du von deinem Koffer, kein teurer Koffer, aber ein schöner Koffer, in dem alles Wesentliche steckt – angeblich. So wird das gesendet. Das Programmschema signalisiert: fiktionales Format. Und dann meldet sich der Flughafen bei dir oder das Fundbüro der Bahn.
Stimmt das?, fragte der Junge.
Darauf konnte ich nicht so einfach antworten, und meine Klassenkameradin machte mich darauf aufmerksam, dass ich noch lernen müsse, verständlich mit Kindern zu reden.
Wozu?, fragte ich. Meinst du, dass ich mich weiterbilden sollte, um zur Not, wenn alles andere nicht geklappt hat, wenigstens Tagesmutter werden zu können?
Nein – nein, das hast du falsch verstanden, sagte sie. Und möglicherweise hielt sie mich tatsächlich für so ungeeignet zur Kinderbetreuung, dass ihr dieser Gedanke gar nicht gekommen war. Aber nun war er ihr peinlich. Erfahrung schadet nie, stammelte sie, welche Erfahrung auch immer. Und du wolltest doch immer Erzieherin werden.
Jetzt war die Katze aus dem Sack. Denn nie unterstellen dir die Leute etwas, was ihrer Bequemlichkeit zuwiderliefe. Aber ich gab mich locker: Ich beneide dich um dein kreatives Gedächtnis. Nur geraten wir hier allmählich in den falschen Film. In eine dieser sentimentalen Geschichten; am Ende soll ich sie noch liebgewinnen! Alle sollen sich doch immer liebgewinnen. Aber deine Rechnung geht nicht auf. Ich habe Besseres, viel

Besseres zu tun, als mich um deine Kinder zu kümmern. Von meiner Studie will ich gar nicht anfangen, ich habe auch sonst so viel Wichtigeres zu tun, viel, viel Wichtigeres!
Jetzt war ich so laut geworden, dass sie mir ihr Baby wegnahm. Und auch die anderen Kindern drängten sich zu ihr, sogar Patrick schmiegte sich an sie; so saß sie auf ihrem Küchenstuhl, mit vier kleinen Kindern, die sich anscheinend ernsthaft Trost von ihr versprachen.
Natürlich, sagte ich, tust du mir auch Leid. Aber ich kann nicht bleiben. Am Ende soll ich hier noch aufräumen!
Um meinen Haushalt kümmere ich mich schon, sagte sie.
Ja, ja, und natürlich auch um deine Kinder. Aber vielleicht fällt dir plötzlich etwas anderes ein, und du musst mal eben verschwinden, zu irgendeiner dubiosen Hörspielproduktion – Moment, das ist doch dein Gebiet, rief sie.
Ich hätte weniger reden sollen. Und längst gehen. In dieser Küche wurde man nur klaustrophob. Warum schmiss sie mich nicht endlich raus; reichte es ihr noch nicht?
Nun kommst du dir als was Besonderes vor, sagte ich, aber was ist denn schon dabei?
Es war eine ehrliche Frage. Doch das begriff sie nicht. Denn sie bemühte sich nicht einmal zu antworten. Stattdessen widmete sie sich ihren Kindern; und auch Patrick lächelte sie betont aufmerksam an. Der war noch nicht in der Lage zu erkennen, dass sie damit nur ihre Anspannung überspielen wollte; dankbar lächelte er zurück, er strahlte übers ganze Gesicht. Der Junge und das Mädchen strahlten nicht. Sie waren Zuwendung anscheinend gewohnt, die verwöhnten Biester, in ihren Schlafanzügen. Sie nutzten die Chance, um irgendwelche Kindergartengeschichten um falsch geschriebene Buchstaben und zerknülltes Papier und verschwundene Scheren loszuwerden. Mich ignorierten sie alle. Nur das Baby reagierte auf meine Versuche, der Situation noch ein Lächeln abzugewinnen.

Erst als ich mich räusperte, hüstelte und kicherte – es klang nicht schön, dieses Kichern, viel zu gekünstelt, grauenhaft; aber immerhin erfüllte es seinen Zweck –, blickte meine Klassenkameradin mich wieder an. Ja, kicherte ich, ja, ich habe soviel Besseres zu tun – allerdings, und da senkte ich meine Stimme in seriös klingende Register, falls du akuten Bedarf hast, dann steh ich selbstverständlich zur Verfügung. Das Leben besteht schließlich nicht nur aus Sonnentagen, das weiß ich und steh bereit, dir zu helfen.
Sie kümmerte sich jetzt intensiv um ihr Baby.
Ehrlich gesagt, ich weiß nicht, wie du das machst, sagte ich. Aber irgendwie kriegst du es hin, dass ich meine Einstellung zum Babysitten grundlegend überdenke. Ja, ich fühle mich bereit für neue Herausforderungen, ich bekomme sogar Lust darauf, es einmal zu versuchen. Schließlich neige auch ich zur Selbstzerstörung – warum sich immer dagegen wehren. Und solange es sich nur um zwei oder drei Stunden handelt, das könnte ich sogar glatt überleben. Also, wenn du mir deine Kinder anvertrauen magst; ich will es wissen!
Sie zögerte. Danke, sagte sie schließlich, sehen wir mal. Immerhin goss sie mir jetzt wieder Kaffee ein. Anscheinend überlegte sie, ob ich wirklich so unberechenbar sein konnte, wie ich tat, oder ob mein offen unausgeglichenes Verhalten nicht eher ein Indiz für unbedingte Vertrauenswürdigkeit war.
Wir kennen uns schon so lange, beschwor ich sie. Und sag nicht, dass du es nicht nötig hättest.
Sie schwieg. Dann sagte sie langsam: Eigentlich hab ich ja eine funktionierende Infrastruktur für die Kinder, aber zur Zeit – nein, ich habe keine. Die Nachbarn kann ich nicht bitten, die sind selbst überfordert – tja, wenn ich an seine Eltern denke; sie deutete auf Patrick. Dann fuhr sie schneller fort: Geschwister habe ich keine, meine Eltern sind ausgewandert, eine Kinderfrau kann ich mir nicht leisten, der Babysitter liegt mit

Gehirnerschütterung im Bett, auf meine Au-pair-Anzeigen melden sich immer nur zweifelhafte Gestalten, mein Mann ist, wie gesagt –
Ich nickte: In Luxemburg.
Meine Schwiegereltern kann ich nicht fragen, nicht nach meinem Talkshowauftritt. Und ab und zu will ich doch allein weg.
Selbstverständlich, sagte ich. Komm, trink einen Schluck Kaffee – oder besser Kakao. Gelassen erwartete ich weitere Bekenntnisse; doch dann blieb mir die Luft weg. Tatsächlich entblödete sie sich nicht, eine alte kranke Tante ins Spiel zu bringen.
Das war mir zuviel. Bitte, sagte ich und versuchte meinen Schluckauf zu unterdrücken, wir sind hier nicht in der Operette.
Sie hätte die Tante dennoch gern besucht – doch dann fiel ihr ein, wie sehr diese Tante sich immer freute, die Kinder zu sehen; allerdings, eins, räumte sie ein, würde sie doch gern ohne ihre Kinder tun: Schlafen. Sie habe letzte Nacht lange arbeiten müssen.
Ich fragte sie nicht, was sie denn um Himmels willen arbeitete; sie erzählte es von selbst: Ich biete einen Biografie-Service an, also, ich schreibe Lebensgeschichten. Natürlich nach Vorlage; wobei ich den Leuten schon helfe, Schwerpunkte zu setzen, damit sie sich aufs Wesentliche konzentrieren, auf das, worum es wirklich geht – soweit sich das im Einzelfall überhaupt –
Gut, sagte ich, ist schon gut, leg dich hin.
Jetzt?, fragte sie.
Wenn ich schon einmal hier bin –
Aber jetzt?
Greif zu Ohrstöpseln, falls die Kinder zu laut werden. Wie oft bekommen sie ihr Ritalin? Und was kann ich noch falsch machen?

Sie nahm es als einen Witz. Zog sich aber tatsächlich zurück, küsste ihre Kinder und bat sie, mich nicht zu ärgern. Mir gab sie noch einen Haufen Ratschläge und Hinweise, wo ich was fände und dass ich sie besser doch wecken solle, sobald ich etwas vermisste.

Dann war ich mit den kleinen Monstern allein. Ich lächelte sie an. Sie zeigten sich unbeeindruckt, aber wachsam.

Was machen wir jetzt?, fragte der Junge.

Nun galt es vorsichtig zu sein. Jetzt nehme ich mir noch einen Kaffee, sagte ich, um von vornherein meinen Standpunkt klarzumachen. Ich war bereit, sie zu unterhalten, aber nur zu meinen Bedingungen. Meine Tanten, erzählte ich, waren früher ohne Kaffee überhaupt nicht ansprechbar. Meine Tante Cecilie hat – vor ihrer Zeit als Verbandsvorsitzende deutscher Koffeingeschädigter – in ständiger Angst davor gelebt, dass ich ihre Kaffeetasse umwerfen könnte. Vor allem zum Frühstück. Dabei war mir ihr Kaffee egal. Das hat sie nie verstanden.

Aha, sagte der Junge. Weißt du, die Tante Daniela –

Tante Daniela kannte ich nicht und würde ich hoffentlich nie kennenlernen. Das Mädchen wollte etwas sagen, aber als ich es zu Wort kommen ließ, fiel ihm nur noch ein, dass es ein Mädchen war.

Ja, das habe ich begriffen, sagte ich.

Aber ich bin ein Mädchen, erklärte es sehr ernst.

Und ich erst mal!, sagte ich. Daraufhin wollte es mir etwas zeigen. Der Junge immerhin begriff langsam, dass ich nichts von Tante Daniela hören mochte. Stattdessen fing ich an, von dem Eklat bei Tante Agnes' Beerdigung zu erzählen. Aber die Kinder wollten sich nicht unterhalten lassen, selbst die müllfressenden grauen Eichhörnchen rund um den Friedhof interessierten sie nicht. Nur Patrick lachte höflich. Als ich ihn anschaute, hörte er auf. Wann musst du nach Haus?, fragte ich.

Mal wird er abgeholt, mal nicht, sagte der Junge.

Das Baby wimmerte vor sich hin. Ich hab hier ein Aua!, rief das Mädchen

Einen Moment lang ließ ich mich reinlegen und sah auf die längst verschorfte Stelle am Kinderellenbogen. Die konnte ich nicht gelten lassen. Doch das Mädchen protestierte, dann ging es zum Thema Ausscheidungen über.

Ruhe, sagte ich. Und wenn ich Ruhe sage, dann meine ich: Ruhe!

Aber du bist nicht unsere Mama, sagte das Mädchen.

Ja. Bei mir macht es noch einen Unterschied, ob ich taub werde.

Doch das wirkte nur kontraproduktiv. Und natürlich mussten sie ohnehin einmal austesten, wie weit sie bei mir gehen konnten. Alle Kinder, sogar Patrick, stimmten lautes Geschrei an. Sie steigerten sich hinein, überbrüllten einander, probierten kleine, vom Rhythmus her argumentativ angelegte, wenn auch völlig unverständliche Soli und fanden schließlich alle zusammen – inzwischen war auch das Baby eingefallen – zu einem Gesamtklang, in dem universelle abgrundtiefe Klage ebenso mitschwang wie das sportliche Vergnügen daran, mich gemeinsam niederzuschreien.

Ich versuchte nicht, sie zu übertönen. Gegen diesen anschwellenden Kinderlärm hatte ich doch keine Chance. Also nahm ich mich zurück; still bis auf ein gekränkt-asthmatisches Atmen, ließ ich mich auf einen Küchenstuhl sinken und setzte den apathisch überforderten Danke-ich-brauche-keine-Hilfe-Gesichtsausdruck auf, der mir aus meiner Kindheit von Tante Agnes vertraut war. Das brachte sie zum Lachen, aber ihr Lachen war immerhin leiser als ihr Geschrei.

Hört zu, Kinder, sagte ich, um die ganze Sache ein für allemal zu klären, euer Theater könnt ihr euch schenken. Mit den üblichen Tricks habt ihr bei mir keine Chance. Also lasst den Krawall. Das ist lächerlich. Ihr erreicht allerhöchstens, dass eure Mama aus ihrem wohlverdienten Schlaf aufwacht. Oder dass die Nachbarn die Polizei rufen. Und ich weiß ohnehin, was ihr wollt: ihr wollt Süßigkeiten – schön, Gummibärchen, Schokolade, Kekse, darüber können wir reden. Und Fernsehen wollt ihr –

Nein, rief der Junge besserwisserisch, das ist nicht gut!

Wir können über alles reden, sagte ich. Sogar über Geld. Also, habt ihr verstanden? Keine Mätzchen, sondern klare Regeln. Ein gutes Geschäft. Für beide Seiten. Win-win. Ehrliche Freundschaft! Und jetzt seid erst mal ruhig, ich muss etwas erledigen. Geht spielen. Kinder spielen doch. Und Babys schlafen am besten.

Erziehung war in Wirklichkeit ganz einfach, wenn man sie konsequent anging. Mir tat nur leid, dass meine Tanten mich so nicht sehen konnten. Die größeren Kinder zogen sich sofort in eine Kinderzimmerecke zurück – *Raumstation* hieß es auf dem Zettel, der dort klebte – und ließen nichts weiter von sich hören außer aufgeregtem Tuscheln und Flüstern. Nur das Baby schrie, als ich es in sein Gitterbett legen wollte. Also nahm ich es mit ins Arbeitszimmer. Denn eigentlich hatte ich meine Klassenkameradin nur schlafen geschickt, um endlich an ihren Computer zu kommen.

Zunächst rief ich meine Emails ab; die Einladung zum Hörspielkongress nach Ecuador war eingetroffen und Grüße von meinen Tanten in der üblichen Form: Selbsthilfe-Newsletter und weitergeleitete Lokalnachrichten. Ansonsten nichts Wesentliches. Nicht dass ich irgendetwas erwartet hätte, aber immerhin schaute ich auch in meinen Spam-Filter: eine Nachricht mit der Betreffzeile *Ihr Leben* klickte ich an, wurde aber enttäuscht. Das Angebot *Hindernisse günstig erwerben* öffnete ich dagegen gar nicht erst, auch wenn die Überschrift frachtfreie Zustellung versprach.

Das Baby auf meinem Schoß starrte überwältigt die animierten

Buchstaben und Zahlen auf meiner Providerhomepage an und patschte so heftig mit seinen Fingern auf den Bildschirm, dass ich zu ruhigeren Seiten wechseln musste. Unter den Favoriten meiner Klassenkameradin fanden sich einige Shopping- und Auktionsseiten, aber auch der Hörspielprogrammplan eines Radiosenders, in den ich mich gern vertieft hätte, doch dem Baby waren selbst die Rundfunkansichten noch zu bunt. Es geriet fast außer sich, hustete und spuckte Milch, sobald sich irgendetwas vor seinen Augen bewegte. Ich versuchte es mit den Fotos über dem Computer abzulenken, Kinderbilder, nur auf einem Foto lehnte eine unbekannte Person an einem Straßenschild *rue Sophie Calle*. An der Wand hing ein Poster, ein Gemäldeausschnitt, irgendetwas Niederländisches, der Kopf eines jungen Mädchens mit braunen Augen und strengem Kragen, daneben eine Adressenliste unserer Jahrgangsstufe, auch ich stand darauf mit einem alten Namen und einer Telefonnummer, an die ich mich nicht erinnern konnte. Doch das interessierte das Baby erst recht nicht, auch nicht die vielen losen Zettel mit Namen, meist abgekürzt, und Terminvorschlägen, viele alternative Termine, zu viele, um mit Sicherheit auf Versuche schließen zu können, einen ganz konkreten Termin zu verschieben; auch unterschiedliche Orte und Räume – einige davon wahrscheinlich viel zu klein – schienen diskutiert worden zu sein; doch das Baby starrte stur auf den Bildschirm, und so schaltete ich den Computer aus, bevor ich ihn gründlicher hätte durchsuchen können, und ging zurück in die Küche – gerade rechtzeitig, bevor auch meine Klassenkameradin dort auftauchte.

Kommst du klar?, fragte sie.

Ich verhehlte nicht, dass sie mich störte: Ich denke, du schläfst! Schließlich hatte sie mich mitten in einem Kinderlied für ihr Baby ertappt, das mir seit meiner Sandkastenzeit nicht mehr über die Lippen gekommen war.

Ich schlafe doch, murmelte sie. Es war nur auf einmal so ruhig.
Die Kinder spielen, sagte ich. So ist das, wenn ich die Kleinen beschäftige. Aber du kannst mich selbstverständlich kontrollieren und überwachen, wenn du es genauer wissen willst.
Müde sah sie mich an. Ich vertrau dir doch, sagte sie mürrisch. Im Grunde vertrau ich dir. Und ich bin so müde – ja, eigentlich bist du ganz okay. Du begreifst nur nicht, wie das ist, wenn man Kinder hat. Und dann brach es aus ihr hervor: Dass ich die Kleinen so einfach – du musst ganz Grauenhaftes von mir denken.
Du, um dich mach ich mir gar keine Gedanken; das ist mir nicht der Mühe wert, sagte ich. Sie lächelte schief, sagte aber nichts mehr, sondern ging zurück in ihr Schlafzimmer. Wenigstens würde es ihr in den nächsten Stunden zu peinlich sein, wieder aus ihrem Bett hervorzukriechen. Und immerhin ging sie gleich wieder schlafen, noch bevor die drei Kinder aus dem Kinderzimmer herübergestürmt kamen.
Was habt ihr gespielt?, fragte ich. Aber das war ein Geheimnis. Nur Patrick kam angeschlichen und wollte mir etwas ins Ohr flüstern. Doch als der Junge das bemerkte, hielt er ihn zurück. Und das Mädchen begann sofort mich abzulenken. Es hüpfte durch die Küche: Auf einem Bein! Guck mal! Weißt du was? Ich hab Geburtstag.
Sein großer Bruder brach in Lachen aus: Das stimmt doch nicht.
Im Zweifelsfall glaubte ich ihm. Aber als ich das dem Mädchen gegenüber andeutete, fing es so sehr an zu weinen, dass er einlenkte: Vielleicht hat sie Geburtstag. Das kann man nicht wissen. Du bist nicht unsere Mama.
Deine Mama hätte mir von dem Geburtstag erzählt, sagte ich. Und sie hätte dir eine Torte gebacken, selbst wenn sie dann überhaupt nicht zum Schlafen gekommen wäre.

Nein, schrie das Mädchen, nein, nein, nein! Ich hab Geburtstag!
Nein, sagte ich.
Vielleicht doch, beharrte der Junge, aber, wenn du nicht feiern willst, dann gehen wir ins Kinderzimmer und spielen was anderes. Komm.
Doch ins Kinderzimmer wollte ich nicht; eine längere Weile würde ich es dort kaum aushalten.
Also feiern wir Geburtstag, beschloss der Junge.
Und wie?, fragte ich.
Schokolade, krähte das Mädchen und hörte auf zu weinen.
Der Junge rief: Nein, du musst dir was ausdenken. Eine Überraschung.
Das kann ich nicht, sagte ich. Mir fällt nichts ein.
Du willst nicht, erklärte er mir. Dabei ist es ganz einfach. Ja, schrie das Mädchen, wir brauchen nur eine Torte und ein schönes Kleid – ich will ein Geburtstagskleid!
Ich suchte auf den herumliegenden Kleiderhaufen nach etwas Hübschem, doch alles, was ich ihr vorschlug, war ihr zu alltäglich. Schließlich lief der Junge ins Kinderzimmer und kam mit einer dicken Rolle Kreppklebeband und einem Stift wieder. Schreib da drauf, was sie will. Hier, darauf kann man schreiben. Und dann kann man es kleben.
Schreib du doch, sagte ich. Doch er behauptete, nur ganz langsam mit Hilfe seiner Mutter schreiben zu können, Buchstabe für Buchstabe: Weil ich noch nicht richtig lesen kann.
Mich schauderte. Ich konnte also alles schreiben. Aber ich nahm mich zusammen. Es ist nur ein Spiel, sagte ich mir, immer wieder, es ist nur ein Spiel. Genau nach Anweisung fing ich an, die Kinder zu beschriften. Auf das Nachthemd des Mädchens schrieb ich *Geburtstagskleid*. Und auf den Pyjama des Jungen, wie verlangt: *Cooler Anzug*. Auf Patricks Jogginganzug klebte ich das Wort *Smoking*, das ihm unbekannt war,

nach Erklärung aber gefiel; er legte nur Wert darauf, dass ich in Klammern darunter noch hinzufügte: *in der richtigen Größe.* Viermal musste ich jedem Kind vorlesen, was da auf seiner Brust stand, und jedesmal hüpften sie vor Begeisterung nur noch wilder herum und liefen zu den Spiegeln in Flur und Bad, um sich zu bewundern. Was waren das für Kinder. Da lag das beste Spielzeug, kindgerechtes Spielzeug, haufenweise um sie herum, und sie freuten sich über ein paar Worte auf ihren abgeschmackten Schlafanzügen. Selbst das Baby lachte, und der Junge beschloss, dass es auch einige Buchstaben auf den Bauch bekommen sollte. Doch da es bereits die Worte *really cool* auf seinem Strampelanzug trug, verzichtete ich darauf. Nicht erlassen wurde mir die Beschriftung einer Torte aus Papier, die der Junge immerhin zuvor noch rundgeschnitten hatte.

Mit diesen Vorbereitungen war die Feier eigentlich vorbei, wir sangen noch ein Geburtstagslied, und die Kinder aßen die Torte, die sie zwar zu größeren Genussbeteuerungen veranlasste als jeder reale Kuchen, aber auch schnell verschwunden war.

Und jetzt will ich wirkliche Geschenke, rief das Mädchen. Um des lieben Friedens willen sah ich mich in den Küchenschubladen nach Schokolade um. Der Junge wollte seine Mutter fragen, was er verschenken dürfe; doch ich ließ nicht zu, dass er sie weckte. Patrick hatte sich unentschieden zwischen Kühlschrank und Backofen herumgedrückt. Aber auf einmal rannte er ins Kinderzimmer und kam zurück mit nichts, das er sorgsam auf dem Arm trug.

Das ist blöd. Den haben wir doch zusammen gemacht!, rief das Mädchen.

Aber jetzt gehört er dir allein. Damit war das Mädchen einverstanden, und auch der Junge gab seinen Segen zu diesem Geschenk, er behauptete sogar, eigentlich sei es seine Idee gewesen, von Anfang an. Alle streichelten das Tierchen.

Und das ist jetzt ein wirkliches Geschenk?, fragte ich das Mädchen. Ich konnte es nicht lassen.

Er ist besser als ein Wirklicher. Er beißt nur die Bösen, versicherte mir das Mädchen. Aber das hätte ich mir schon denken können. Bellt er auch?, fragte ich. Die Kinder sahen mich überlegen an. Er heult, sagte der Junge würdevoll. Er ist noch sehr jung. Und schon heulten sie los. Leise zwar, aber es reichte, dass ich die Klingel kaum hörte. Doch sobald mir klar wurde, dass jemand vor der Wohnungstür stand, setzte ich das Baby in seinen Kinderstuhl und lief umso schneller, um zu öffen. Natürlich hoffte ich, Patricks Eltern wollten ihn abholen.

Draußen stand ein Mann. Ein hagerer Mann, leicht gebeugt. Auf seiner Krawatte stand *Bella Figura*. Er wirkte wie jemand, der sehr viel Ausdauersport treiben muss, um es mit sich auszuhalten. Andere auszuhalten, schien sein geringeres Problem zu sein. Er sah mir direkt in die Augen. Sein Blick war ernst, sehr ernst und gerade richtig leer. Ich fühlte mich sacht eingesogen und fing schon an, diesen Blick zu genießen, da kam er auf den Punkt.

Merken Sie's?, sagte er. Merken Sie's? Es geht so nicht weiter. Mit uns allen. Ja, jetzt fällt Ihnen nichts ein. Dabei gibt es so viel zu tun. Es geht darum, die Welt zu retten.

Und er wusste auch schon, wie.

Ich wollte ihn routiniert mit zwei unverbindlichen Sätzen wegschicken, als ich in ihm meinen ehemaligen Klassensprecher erkannte und nach Luft schnappte. Er stutzte ebenfalls – du schon wieder? Ich hab dich doch neulich erst gesehen, in dieser Ausstellung, du warst hervorragend präpariert, vor allem der Gesichtsausdruck, so was von täuschend echt.

Ich lächelte amüsiert. Ja, genau dieser Ausdruck, rief er. Das haben die wirklich toll herausgeholt. Und überhaupt, was man da alles sieht, was zu Lebzeiten so sorgfältig verborgen wird –

Ich weiß nicht, mit wem du mich verwechselst, sagte ich, aber ich bin nicht tot. Zumindest habe ich mir das bisher eingebildet. Aber selbst wenn – nie, nie würde ich mich für so eine Show zur Verfügung stellen.

Er zuckte die Achseln. Warum nicht? Das ist doch die Chance, sich endlich einmal so zu zeigen, wie man wirklich ist. Ungeschminkt. Aufs Wesentliche gebracht. Und das dauerhaft. So geht doch alles viel zu schnell vorbei. Aber nimm's nicht so schwer. Ich hab auch viele Chancen vertan. Nur dass bei mir der elfte September schuld ist. Ich hab mich danach eben besonnen und dadurch den Anschluss verloren. Und so viel versäumt! Allerdings haben Weltereignisse, diese großen Katastrophen, immerhin noch Vorteile gegenüber dem täglichen Klein-Klein, sagte er und spähte über meine Schulter in die Wohnung herein. Da spürst du dich.

Da vergisst man sich, meinst du wohl.

Um die großen Fragen, sagte er, drücken wir uns doch alle herum.

Du hast dich mit den großen Fragen schon um deine Hausaufgaben herumgedrückt, sagte ich, wenn ich mich recht erinnere. Oder war ich das?

Er sah mir freundlich in die Augen. Ach, das ist doch lächerlich, wie überhaupt alles im Leben – also, gut, lassen wir uns darauf ein, machen wir uns lächerlich, trauen wir uns. Er lehnte sich an den Türstock und rutschte mir allmählich entgegen, langsam nach und nach in die Wohnung herein.

So hast du früher aber nicht geguckt, murmelte ich.

Ja, eigentlich geht es auch gar nicht um die Förderbeiträge zur Weltrettung, obwohl ich das nach wie vor sehr sinnvoll fände, also, ich steh dazu – aber ehrlich gesagt steigere ich mit dieser Nummer zu Beginn immer nur meine Seriosität; es gibt dem Ganzen eine existenziellere Grundierung. In Wirklichkeit verkaufe ich Hypnosekurse, hier sind die Unterlagen; na ja, wozu

die Sache gut ist, weiß ich eigentlich selbst nicht, aber die Leute rennen uns so die Bude ein, dass es Trend zu sein scheint – und braucht es bessere Werbung?
Und er sah mir weiterhin in die Augen, hielt schon einen Stift bereit und schob sich weiter in die Wohnung herein. Hier, bitte. Unsere Freundin hat schon unterschrieben – sie ist eine so vielseitige Person, ich komme immer wieder gern vorbei. Und es ist doch kein Zufall, dass du auch hier bist? Oh, Entschuldigung, ich muss nur mal kurz – und schon hatte er sich an mir vorbeigeschlängelt.
Ich konnte ihn nicht in die Wohnung lassen, ich war doch für die Kinder verantwortlich – aber er ließ die Küche links liegen und schlich direkt aufs Arbeitszimmer zu.
Nein, rief ich. Ich kreischte, schrie schrill, drohte damit, den Hund loszulassen, bekam den Mann zu fassen, zog ihn zurück, zerrte ihn zur Tür und schubste ihn die Treppe hinunter.
Dabei war mir das selbst höchst unangenehm. Ich wollte alles aufklären, wollte mit wenigen Worten alles erklären, aber ich musste husten. Und er beeilte sich, die Treppe hinunterzukommen. Erst an der übernächsten Kinderschutzabsperrung, eine Etage tiefer, blieb er stehen und blickte zu mir zurück, so dass ich ihm immerhin noch eine Entschuldigung zubrüllen konnte: Denk dir nichts, schrie ich, es liegt nicht an dir. Ich bin hier verantwortlich für vier kleine Kinder, denen will ich ein gutes Beispiel sein. Auf keinen Fall sollen sie miterleben müssen, wie ihre Mütter und deren Klassenkameradinnen alles bestellen, was ihnen an der Wohnungstür angeboten wird, selbst wenn sie überhaupt nicht das Geld dafür haben. Ja, ich habe nämlich einfach kein Geld für irgendwelche Kurse; und ich will auch nicht so tun, als ob das anders wäre. Denn wer hat am Ende die Probleme? Ich will deine Firma nur vorm Konkurs bewahren; also, diese Firma, die dich beschäftigt. Und Zeit habe ich ohnehin keine – jetzt schon gar nicht mehr!

Gleich beginnt *Ausflug in die Wirklichkeit* – ja, so steht's, das Radioprogramm ist mir wichtiger als dein Drückerelend, bei dieser Sendung handelt es sich nämlich um eine Fortsetzung, eine der vielen Fortsetzungen von *Agnes, Barbara und Cecilie oder die Erfindung des Matriarchats*. Ansonsten geht's mir übrigens hervorragend; alles in bester Ordnung; ich hoffe nur, bei dir auch!, rief ich noch; das war mir dann doch wichtig.
Leider kam in diesem Moment ein anderer Mann die Treppe hoch, der so auch unnötigerweise meine Vorwände hörte. Ein Mann in Anthrazit, der Obdachlosenzeitungsverkäufer. Beiläufig grüßte er meinen Klassensprecher, öffnete ihm eins der Hindernisse auf seinem Weg nach unten, und stieg dann weiter hoch, bis zu meinem Stockwerk. Dort grüßte er mich mit derselben Beiläufigkeit und wollte an mir vorbeigehen, doch ich ließ mich nicht einschüchtern, ich verkroch mich nicht vor ihm, ich hielt ihn auf, mit zwei Fäusten an seiner Brust und fragte, warum er mich nicht in Ruhe lassen könne.
Ich wohne hier, sagte er heiser und stieg mit einem flüchtigen Abschiedsgruß weiter die Treppe hinauf.
Ich schlug die Tür zu und lehnte mich erschöpft dagegen. Mein T-Shirt war verschwitzt, ich zog es aus und nahm ein neues aus meiner Strandtasche. Es war noch weiter als das andere – unglaublich, wie ich so etwas hatte kaufen können. Doch darum ging es jetzt nicht. Ich lief in die Küche. Die Kinder spielten friedlich mit ihrem Tier, das Baby weinte einem Löffel nach, der ihm von seinem Hochsitz zu Boden gefallen war – ich nahm es auf den Arm.
Kinder, wir gehen weg.
Warum?, fragte das Mädchen. Der Junge fragte: Wohin?
Es soll eine Überraschung werden, sagte ich, eine Überraschung für die Mama. Wir gehen einkaufen. Ich muss hier weg. Und überhaupt kann euch frische Luft nicht schaden.
Die Kinder protestierten. Vor allem der Junge wollte nicht.

Patrick sah fasziniert zu, wie er sich vor mich hinstellte, die Arme in den Seiten, die Kiefer aufeinandergepresst, in der Kehle ein verhaltenes Knurren. Ich geh gern einkaufen, sagte Patrick.
Gut, sagte ich, dann bringen wir dich jetzt nach Haus. Wo wohnst du?
Er bleibt manchmal länger, sagte der Junge.
Patrick sah mich mit großen Augen an. Er lachte nicht einmal, als der kleine Junge ihm erklärte, wie doof ich sei. Das musste ich mir nicht bieten lassen. Doch mir fiel nichts anderes ein, als dem auch auf meinem Arm noch greinenden Baby endlich seinen Löffel hochzuheben und für die anderen Kinder weiter nach Süßigkeiten zu suchen und ihnen aufzuzählen, was für schöne Dinge wir ihrer Mutter kaufen könnten. Aber sie wollten nicht. Von der Schokolade, die ich schließlich in einem Schrank gefunden hatte, aßen sie reichlich, ohne ihre Einstellung zu ändern. Erst als ich – in einem letzten verzweifelten Versuch – erwähnte, dass ich dringend zur Apotheke müsse, überzeugte die Aura von Notwendigkeit, die jede Apotheke immer noch umgibt, überraschenderweise auch die kleinen Quälgeister.
Ja! Wir zeigen dir, wo das ist, rief der Junge.
Ja, ja!, schrie auch das Mädchen. Und Patrick nickte.
Es war doch so einfach. Man musste nur ehrlich sagen, worum es wirklich ging, und schon kooperierten sogar solche kleinen Quälgeister. Also gehen wir zur Apotheke, sagte ich, da ist es doch immer nett.
Wieso ist deine Stimme so komisch?, fragte der Junge. Dabei hatte ich das Gefühl, endlich normal mit ihnen sprechen zu können.
Immerhin wurde das Baby endlich ruhig, als ich es in den Stoffrucksack steckte, den man hinten oder vorn tragen konnte, wie mir der Junge erklärte. Ich entschied mich für hinten.

Da störte es weniger. Ich überlegte sogar kurz, mir den Fahrradhelm meiner Klassenkameradin aufzusetzen, damit es einen gewohnten Anblick habe, doch eine solche Vermummung war mir zuwider.
Die anderen Kinder wollten sich umziehen. Wir können nicht in unserer Festtagskleidung zur Apotheke, sagte der Junge.
Ihr zieht Schuhe und Jacken an, sagte ich, dann geht das schon. Bis alle Kinder – auch für Patrick fand sich eine Jacke, die ihm nur etwas zu klein war – ausgerüstet waren, dauerte es zwar einige Zeit, doch dann waren wir zum Aufbruch bereit. Ich hatte die Klinke schon in der Hand, als der Junge rief: Wir müssen der Mama Bescheid sagen.
Wir legen ihr einen Zettel hin, sagte ich und schrieb: Wir sind draußen. Der Junge klebte den Zettel an die Tür. Das Mädchen nahm ein Springseil, das es zur Leine erklärte.
Der Hund bleibt hier, sagte ich.
Die Kinder sahen einander an und kicherten albern. Das Mädchen setzte an, etwas zu sagen, doch der Junge hielt ihr den Mund zu. Ach, der, der – der kommt mit, sagte er, so ruhig es ging, mit seiner strampelnden Schwester unterm Arm; damit war der Konflikt entschieden, und ich bekam das Springseil in die Hand gedrückt. Wenigstens liefen die drei Kinder auf eigenen Beinen die Treppe hinunter, und der Junge klinkte allein die Gitter auf den Treppenabsätzen auf und zu. Die gute Akustik im Treppenhaus forderte die Kinder dazu auf, ihre Stimmen zu erheben, laut schrien sie heraus, was sie bewegte, und ihre Fäkalausdrücke hallten durchs Haus.
Im Erdgeschoss schloss eine gutgelaunt aussehende Frau mit vier ruhigen hübschen Kindern ihre Wohnungstür auf. Ich grüßte. Die Frau und ihre Kinder grüßten zurück. Meine Kinder brüllten etwas von Zeckenbiss und Affenpisse, was ich lieber nicht verstehen wollte. Nur Patrick murmelte: Hallo.
Ja, sagte die Frau zu mir, der fühlt sich überall wohl.

Wir gehen Bonbons kaufen! Für die Mama!, krähte das Mädchen dazwischen. In der Apotheke!
Ach, schon wieder, sagte die Frau mit hoher dünner Stimme. Wir waren heute bereits beim Impfen. Wenn der Zirkus einmal angelaufen ist, dann hört er nie wieder auf. Wenn ich an den Zahnarzt denke; schon mit einem Kind ist der Terminkalender ausgefüllt. Die Vorsorge wird zur Vollbeschäftigung. Sie wandte sich Patrick zu: Wo ist deine Mutter denn jetzt schon wieder?
Lass mich überlegen, sagte der, sie ist nur eben schnell auf Kur.
Gönnen wir es ihr, gönnen wir es ihr. Und eure Mama?, fragte sie den Jungen und das Mädchen.
Meine Klassenkameradin muss sich auch mal erholen, erklärte ich.
Sie lächelte. So lernt man sich kennen, sagte sie, dann stehen Sie also auch in engem Kontakt zu Ihren Jugendfreundinnen. Ja, wenn man sich nicht gegenseitig unterstützt, dann ist alles verloren – ich erzähle Ihnen da nichts Neues. Ohne Klassenkameradinnen kann man sich keine Kinder leisten. Kleine Tricks sind notwendig, aber die Patenschaft lockt sie doch immer noch, ja, Sie kennen das. Da werden große Entfernungen überwunden aus Fürsorglichkeit und Solidarität; und selbst wenn es mal zu Abstimmungsproblemen kommt, das wissen Sie besser als ich, tagelange Verspätung, angeblich Malaria, alles wegen dieser Rastlosigkeit, da fehlt der Kern – und eben dieses Hygieneproblem.
Entschuldigung, sagte ich, die Kinder müssen an die frische Luft.
Die gute Laune der Frau schien nachzulassen. Warum hat das Baby keine Mütze auf?, fragte sie. Ich sah den Jungen an. Ja, er braucht einen Hut, sagte er. Aber wir haben jetzt keinen. Pech. Kann man nichts machen.

Das hat die Mama gesagt, rief das Mädchen zufrieden. Kaum waren wir draußen, rannte es auf die Straße. Ich wollte diskret etwas von links und rechts sagen und ob sie denn nicht wisse, dass sie vorsichtig sein müsse, denn ich hatte keine Lust, gleich zu zeigen, dass dieses unerzogene fahrlässige Etwas zu mir gehörte; aber da Autos kamen und auch gleich zu hupen begannen, blieb mir nichts anderes übrig, als hinterherzulaufen und das Mädchen, das sich mit Armen und Beinen wehrte, zurück auf den Gehsteig zu tragen.

Du bist so dumm, sagte der Junge und meinte damit hoffentlich das Mädchen. Das setzte jetzt, nachdem wir gemeinsam, so vorsichtig, wie ich das schon lange nicht mehr gemacht hatte, die Fahrbahn überquert hatten, unendlich langsam einen kleinen Trippelschritt vor den anderen, behauptete, ich hätte ihm verboten zu rennen und seine Mama habe nichts dagegen. Frauen mit Kinderwagen schenkten mir komplizinnenhafte Blicke. Drei Kleinkinder und ein Baby reichten, um mehr Aufsehen zu erregen als während meiner kurzen, aber erwähnenswerten Agitprop-Phase. Blicke und Bemerkungen hatte ich mit meinen Auftritten im öffentlichen Raum damals auch geerntet, das Bedürfnis, mich anzufassen, war aber gering geblieben. Die Kinder dagegen zogen Passantenhände an; mal gab es Streicheleinheiten für das Mädchen und das Baby, mal zogen – anscheinend schlecht versicherte – Hundebesitzer den Jungen von ihren Bullterriern fort. Patrick schwankte immer wieder, ob er sich dem Jungen anschließen sollte; einige Male rannte er hinter ihm her, meist aber begnügte er sich damit, bei mir und dem Mädchen zu bleiben und die Springseil-Hundeleine zu übernehmen. Sorgsam hielt er sie in der Hand, prüfte nur gelegentlich im Vorübergehen, ob Autotüren abgeschlossen waren, und tauschte mit dem Jungen Beleidigungen aus, über die das Mädchen herzhaft lachen konnte. Der Junge hatte inzwischen eine neue Beschäftigung gefunden, immer wieder sprangen Leute hinter ihm her und holten ihn zwischen den parkenden Autos hervor, von wo aus er sie und die Autos mit Steinchen beworfen hatte. Auch mich hatte er nicht verfehlt; dazu traf mich natürlich die Schuld an seinem Verhalten. Aber alle Versuche, mich aus der Schusslinie zu bringen, wurden durch das Mädchen, das sich nicht schneller voranziehen ließ, vereitelt.

Sehen Sie nicht, dass die Kleine nicht will?, fragte eine Frau mit der Aufschrift *Leben im Falschen* auf ihrem T-Shirt.

Ich versuchte zu erklären, dass wir den kleinen Jungen einholen müssten, der inzwischen dabei war, das Apothekenschaufenster am Ende der Straße zu attackieren.

Ach, wissen Sie, sagte die Frau mit ihrer schleppenden farblosen Stimme und drehte sich dabei halb weg, so dass ich auch die Rückseite ihres T-Shirts – *Hineintäuschen ins Wahre* stand dort – lesen konnte, ach, wissen Sie, da seh ich jeden Tag diese Eltern mit ihren Kindern, und natürlich will ich nicht sagen, dass ich es besser könnte, bewahre, aber es gibt so viel, was verloren gegangen ist. Mich haben meine Eltern ausschließlich zu meinem Nutzen an die Luft geschoben. Wissen Sie, ich wohne direkt am Rhein, und wenn ich aus meinem Fenster schau, dann seh ich die Jogger auf den Uferwegen, die Leute bekommen heute nur Kinder, um ihrem Fitnesswahn noch hemmungsloser frönen zu können. Die Väter mit den dreirädrigen Wagen, die sind am längsten auf der Strecke von allen. Und Sie treiben die Kleine zur Eile an, Sie wissen doch, was Sie damit lostreten. Aber am Ende, wenn sie erst mal so hektisch ist wie Sie und all diese Trendsportarten treibt, dann stellen Sie sich unschuldig. Kinder brauchen frische Luft, habe ich zwei Väter beim Rennen reden hören, mit Untertönen, das waren Abgründe; ohne die Kleinen hätt ich nie den Ironman geschafft, hat der eine gesagt – und das ohne einen einzigen Schnaufer! Die laufen doch nur vor sich selbst davon; und das reicht nicht. Das reicht nicht! Schließlich kommt es darauf an, schneller zu laufen als die anderen. Aber das ist in Vergessenheit geraten. Niemand will selbst die nächstliegenden Konsequenzen akzeptieren. Da verausgabt sich keiner mehr. Das aber den ganzen Tag über. Sie verwechseln Sport mit Wellness. Und was hat man von diesem vorbildlichen Kräftemanagement? Es wird zum Selbstzweck. Diese Leute rennen und rennen und rennen, sie rennen einfach so. Für nichts und wieder nichts. Aber die wenigen, die bereit sind, sich auf den Wettbewerb wirklich einzulassen, sich ganz zu geben, sich richtig kaputtzumachen, jeder nach seinen Möglichkeiten, die werden verdächtigt und niedergemacht, am Straßenrand zurückgelassen. Mein Vater hat noch Geld für uns herbeigeschafft, jawohl, auch fürs Sportinternat hat's gereicht, ihre Stimme erstickte, allerdings nicht vollständig, so dass sie hinzufügen konnte: Und der hat geschnauft, und ich sage heute noch, das ist keine Schande. Sie dehnte ihre Worte, schaute sich dabei immer wieder um, als erwarte sie von allen Seiten überfallen zu werden, aber es gelang ihr mühelos, mit unserem Tempo genau Schritt zu halten. Das Mädchen kam kaum von der Stelle; ausgerechnet jetzt war auch der kleine Junge zurückgekehrt und hing sich an meine andere Hand, es war nicht mehr notwendig, ihn einzufangen; und mit meinen eigenen Ausfälligkeiten zum Thema Schulsport drang ich bei dem getragenen Singsang der Frau nicht durch. Schließlich schweiften meine Gedanken ab, ich hörte nicht mehr richtig zu; denn schließlich konnte es nicht sein, dass sie mich ernsthaft fragte, warum ich keinen Helm trug. Als sie endlich eine Atempause einlegte, verabschiedete ich mich sofort: Ich habe es leider eilig, sagte ich, eine Verabredung, die ist mir wichtig, er kann es oft nicht einrichten – seine Frau, wissen Sie. Diese Konstellation überzeugte mich selbst so sehr, dass ich, während wir langsam weitergingen, daran dachte, was er wohl zu meinen Kindern sagen würde. Die Frau überzeugte mein Vorwand weniger, es brauchte erst eine Kieselsteinattacke des Jungen, damit sie aufhörte, neben uns herzulaufen. Da waren wir fast schon an unserem Ziel.

Der Anblick der Apotheke brachte das Mädchen in Fahrt. Es bewegte sich schneller, allerdings nicht geradeaus. Es hüpfte quer über den Gehweg, wedelte mit den Armen durch die Luft und fing an, Passanten etwas hinterherzubrüllen. Es klang wie: Cucaracha.

Wir kaufen Schokolade, rief der Junge dazu. Allen Entgegenkommenden erzählte er: Wir gehen nur ein bisschen Schokolade kaufen. Und ganz viel Eis. Drei Mülltonnen voll Eis! So rannte er in die junge Frau aus dem Zug, die vor der Apotheke stand. Schon wieder; kein Wunder, dass sie ein Problem mit ihrem Terminkalender hatte.

Hübsche Kinder, säuselte sie, kniete sich hin und nahm den Jungen in die Arme, das ging aber schnell; gute Tarnung. Sie hatte es nötig, sich über fleckige, schokoladenverschmierte Gesichter zu mokieren. Na, Sie haben wirklich Geheimnisse.

Tante Daniela, rief der Junge. Tante Daniela! Auch das Mädchen geriet außer sich vor Freude, und Patrick versuchte sich ebenfalls in ihre Arme zu drängeln, doch der Junge schubste ihn weg.

Wir begegnen uns viel zu oft, sagte ich. Und ich nahm ihr ihre Zigarette aus dem Mund. Nicht vor den Kleinen, beschwor ich sie. Doch sie ignorierte mich. Ach, wie süß, wie süß! Ich mag Kinder, sagte sie. Kommen Sie mit der Rasselbande allein zurecht? Meine Ausbildung verzögert sich um ein paar Monate, ich würde nicht nein sagen. Im Moment muss ich jeden Job annehmen, um ehrlich zu sein.

Machen Sie sich keine Sorgen, sagte ich, Sie werden Glück haben. Aus Ihnen wird noch etwas. Davon bin ich überzeugt. Ja, ich glaube an Wunder. Ich glaube an gar nichts, außer an Wunder – oh, und an wahre Liebe, natürlich.

Doch sie ignorierte meine aufbauenden Worte: Verstehen Sie, ich würde wirklich alles tun, Sie können sich auf mich verlassen. Ich hab Erfahrung mit Babysitten.

Daran zweifelte ich nicht. Die Kinder würden ihr aufs Wort gehorchen und alles tun, um ihr zu gefallen, sogar ordentlich an ihrer Hand gehen und aufhören herumzuquaken und ihren imaginären Hund zu treten und im Anschluss so zu tun, als würden sie von ihm verfolgt. Die Kinder wären so unnatürlich ruhig, dass sie damit noch mehr Aufmerksamkeit auf sich ziehen würde als ich mit zwanzig entfesselten Bälgern auf einmal.

Ja, ja, sagte ich, man braucht bloß selbst ein bisschen primitiv und analfixiert zu sein, und schon kann man sich mit den Kleinen bestens verständigen.

Aber ich glaube, ich könnte Ihnen wirklich hilfreich sein.

So denken Sie sich das also, sagte ich. Mit unterqualifizierten Beschäftigungsverhältnissen jeder sinnvollen Berufsausbildung aus dem Weg gehen. Haben Sie denn nicht begriffen, dass ich Sie nie wieder sehen will?

Da zuckte sie die Achseln. Es hätte gerade noch gefehlt, dass sie sich eine neue Zigarette angesteckt hätte. Bitte, versauen Sie sich Ihr Leben, rief ich ihr nach, bitte, bitte, nur zu. Nur hören Sie auf zu rauchen! Auch wenn es sich eigentlich einem Zufall – beziehungsweise dem Erfahrungsbericht einer meiner Klassenkameradinnen, die einmal in Vollsuff und Halbschlaf ihre Zigaretten versehentlich gegessen hatte – verdankte, dass ich selbst nicht rauchte, wollte ich hier doch wenigstens irgendjemanden erziehen.

Die Kinder winkten Tante Daniela nach, bis ich begriff, dass sie in die Kamera winkten, die im Eingang der Apotheke angebracht war.

Apotheke, schrie das Mädchen. Da gibt's Bonbons! Geschenkt!

Und ich war erleichtert, dass die liebe Tante so schnell vergessen war. Dennoch zögerte ich wie immer, bevor ich die Apotheke auch wirklich betrat. Wobei mich weniger die Überwachungskamera zögern ließ; diese Aufnahmen machten mir nichts aus, solange ich sie nur nicht selbst anschauen musste. Aber ich wollte den Kindern das unwürdige Spektakel, dieses übliche Feilschen um Rezept oder Nicht-Rezept oder auch nur das Rätseln über Medikamentennamen ersparen. Und ich ertrug den Gedanken nicht, dass sie nach Bonbons fragen und über der Zeitschrift, die ihnen statt dessen angeboten würde, in Tränen ausbrechen könnten. Doch sie schienen entschlossen, für so eine Zeitschrift alles zu riskieren, und zogen mich in die Apotheke – nicht ohne zuvor das Springseil, das ich immer noch in der Hand hielt, sorgfältig um den Fahrradständer neben dem Eingang zu schlingen.

Weit hinein in die Apotheke kamen wir nicht. Zwischen Kräutertees und Vitaminpräparaten versperrte uns eine Frau den Weg. Sie hatte mit ihrer Einkaufstasche einen Shampooständer gerammt, ihr Mantel war zwischen Nahrungsergänzungsmitteln hängengeblieben, mehrere Parfümflaschen waren ihr hinuntergefallen, die größte Pfütze auf dem Fußboden schien aber aus Multivitaminsirup zu bestehen. Als es ihr gelang, ihren Mantel loszureißen, brach das Regal zusammen; dagegen war das Aufsehen, das sie erregte, als sie einen Korb voller Zahnpflegekaugummis umwarf, vergleichsweise gering. Einen Moment lang fing ich einen ihrer Blicke auf, der zu beteuern schien, dass sie die Aufmerksamkeit im Laden keineswegs genieße. An der Theke präsentierte sie sich zerknirscht, entschuldigte sich wegen ihrer Ungeschicklichkeit, wies aber darauf hin, dass sie als Kundin auch Rechte habe, so etwas könne passieren zwischen den überfüllten, viel zu eng stehenden Regalen. Bei aller Reue wies sie jeden potentiellen Versuch, sie mit Hausverbot zu belegen, als Angriff auf ihre Person, ihr

Geschlecht, ihre Herkunft und ihre Gebrechen, die sichtbaren und unsichtbaren, die angeborenen und erworbenen, zurück. Alle anderen Kunden waren zu diesem Zeitpunkt bereits geflohen, doch die Apothekerin reagierte souverän, händigte der Frau schnell ihre Medikamente aus und schlug nur ganz zart vor, sie gleich vor Ort zu nehmen. Doch die Frau zeterte weiter, auch nachdem sie alles geschluckt hatte.

Meine Kinder hielten sich zurück, gaben sich wohlerzogen und verzichteten darauf, ebenfalls in größerem Stil aufzufallen. Sie staunten die Frau an, die sich schließlich kurz unterbrach und zugab: Die sind zu niedlich. Dann schimpfte sie weiter, unter anderem über meinen Gesichtsausdruck, den sie als gnadenlos mütterlich-geduldig empfand, womit ich nicht gerechnet hätte. Aber ich merkte, wie ich zu strahlen begann, da meine pädagogischen Kompetenzen endlich offensichtlich wurden. Doch nach Tante Daniela sah ich mich nur deshalb um, weil ich mich vergewissern wollte, ob sie auch wirklich verschwunden war.

Sehr plötzlich regte sich die zeternde Frau ab. Sie lächelte der Apothekerin zu, unterstellte ihr freundschaftlich, in ihren Wasserbecher zur Tabletteneinnahme etwas beigemischt zu haben, verließ den Laden, ohne auch nur ein weiteres Regal zu rammen.

Die Apothekerin wandte sich mir zu. Und ich war am Ziel, am Ort meiner Wünsche, mit einer Apothekerin, die nicht zimperlich zu sein schien, mit ruhigen Kindern, die so beeindruckt waren durch die Würde und den Geruch des Ortes, durch die riesigen Spritzenattrappen und die vielen pseudogesunden Süßigkeiten in den Regalen und jetzt haufenweise auch auf dem Fußboden, dass sie nicht einmal ihre Gier artikulieren konnten – alles stimmte, es erschien fast zu leicht.

Die Apothekerin wartete. Doch zunächst lächelte ich sie an und murmelte etwas allgemein Bedauerndes über Entzugserscheinungen. Eine leichte Anspannung zeigte sich auf ihrem Gesicht. Ich musste endlich etwas kaufen und entschied mich für Vitamintabletten und für Traubenzucker; denn die Kinder hatten tatsächlich nur Zeitschriften bekommen.

Zum Bezahlen versuchte ich einen der Einkaufsgutscheine loszuwerden, die ich einmal bei einem Preisausschreiben einer konkurrierenden Apothekengratiszeitschrift gewonnen hatte; was ich mit einem verächtlichen Kommentar über solche 17.-100. Preise, die doch – im Gegensatz zu jedem noch so erbärmlichen Hauptgewinn – immer etwas Peinliches hätten, begleitete. Doch die Apothekerin zuckte nur die Achseln. Sie akzeptierte den Gutschein und gab sogar Wechselgeld heraus, das der Junge freundlicherweise erst draußen von mir verlangte. Denn kaum waren wir auf der Straße, wurden die Kinder wieder laut und wild. Das Baby begann zu wimmern. Und mit meinem Traubenzucker kam ich bei dem Jungen und dem Mädchen nicht weit. Auch nicht, als ich erwähnte, dass meine Tanten mir immer diese Sorte gekauft hätten; im Gegenteil, der Junge sah mich so an, als würde ihm das den Genuss verderben. Nur Patrick bedankte sich und öffnete gierig seine Packung.

Der Junge und das Mädchen dagegen steckten ihren Traubenzucker achtlos in die Jackentaschen und vergnügten sich stattdessen damit, unverständliche kehlige Laute zu quaken. Sie schienen sich großartig zu unterhalten. Wir sprechen Spielenglisch. Ihr könnt mitreden, lud der Junge uns ein. Aber Patrick und ich kamen nicht so richtig dazu. Und ich hatte wieder den Hund übernehmen müssen und schaffte es nicht, nebenbei meinen Rekorder hervorzuziehen.

Könnt ihr euch nicht benehmen?, fragte ich.

Das Problem ist, sagte der Junge, du bist nicht unsere Mama.

Tja, das ist Pech.

Wie selbstverständlich schlugen sie auch noch den Rückweg nach Hause ein, und ich konnte ihnen nicht sagen, dass das

nicht ging. Also brachte ich nur eine Abwechslung, einen kleinen Umweg, ins Gespräch und lotste sie in die entgegengesetzte Richtung, ohne dass sie etwas davon merkten. Kindern, selbst ortskundigen Kindern, kann man alles erzählen; vor allem, wenn sie selbst soviel zu sagen haben wie der Junge und das Mädchen in ihrem Spielenglisch. Ihre Umgebung beachteten sie kaum, nicht die vielen Mütter oder Tanten, die ihre Babys vorbeischoben; leider auch nicht die vielen Radfahrer, aus deren Bahn ich die Kinder immer wieder zerren musste.
Eine Türsteherin vor einem Restaurant streichelte ihren Schwangerschaftsbauch – auch wenn sie in Wirklichkeit ein Mann war und naturdick. Und das Lokal hatte um diese Zeit geschlossen, er lehnte einfach nur an der Tür, in entspannter Haltung. Ein Pappschild zu seinen Füßen erklärte: Ich habe Recht. Und kaum kam ich näher, fing er auch schon an zu pöbeln: Wenn ich eins hasse, dann ist es diese Heuchelei! Die ewige Heuchelei! Gebt's doch zu, heulte er, gebt doch zu, wie unglücklich ihr seid! Gebt's doch endlich zu! Dass ihr eigentlich alle gescheitert seid! Gebt's zu! Ich warte! Ja, was denkt ihr, wo ihr seid? Macht die Augen auf! Die Wirklichkeit sieht anders aus! Reißt einander die Masken herunter! Und möglichst auch die T-Shirts.
Auf seinem stand: *Ich bin nicht in diesem Verein.*
Ich wollte ihn nicht ansprechen. Doch ich konnte nicht anders. Die Kinder waren schließlich auch dafür; vor allem das Mädchen bettelte mich an, ihn zu überreden, seine Show zu wiederholen.
Doch darauf ließ er sich nicht ein. Er war viel zu überrascht. Die meisten Leute geben mir gleich Geld, sagte er. Sie hören nicht zu, sie lesen nicht einmal, was hier steht. Sie wollen es nicht wahrhaben.
Vielleicht ignorieren sie es auch nur aus Höflichkeit, sagte ich. Er lächelte abschätzig, dann erkannte er mich. Ja, irgendwann

kommen wir alle in der Wirklichkeit an, sagte er mit Blick auf meine Kinderschar. Na, großartig. Hätte ich nie von dir gedacht, aber wunderbar. Die alten Werte setzen sich nun mal durch.

Moment, sagte ich, eigentlich war ich immer schon altmodisch, das hab ich von meinen Tanten.

Na, prima. Also, dann sag mal, wenn ich mir jetzt Familie anschaffen will – was würdest du mir raten? Du sitzt doch sozusagen an der Quelle.

Ich hätte ihn gern skeptisch angesehen, musste aber das Mädchen einfangen, das mir das Springseil aus der Hand gerissen hatte und nun mit dem Hund bis zur nächsten Straßenecke jagte. Als ich zurückkam, war mein Klassenkamerad immer noch bei seinem Thema: Du hast Recht, ich gebe es zu: ich bin auf der Suche, sagte er mit einem Achselzucken, tja, ich will auch nur geliebt werden. Wobei das natürlich nicht grundsätzlich ein Problem darstellt; aber die Auswahl ist so groß. Wenn man es erst mal auf die Supersexliste geschafft hat –

Dass die Supersex-Rangliste nichts als ein Bloggerscherz im Internet war, ist dir bekannt?, fragte ich.

Er nickte: Der dann Wirklichkeit geworden ist.

Im Internet, betonte ich und hielt das Mädchen fest an der Hand. Und die Hundeleine in der anderen. Das Baby war immerhin wieder ruhig geworden, und der Junge spielte mit Patrick Fußball auf dem Gehweg. Als Ball diente ihnen ein liegengebliebener Turnschuh aus dem Rinnstein.

Du findest mich übrigens auch auf der Top-Singles-Seite, fügte mein Klassenkamerad so beiläufig wie möglich hinzu. Ich steh immer nur mir selbst im Weg! Denn auf Dauer suche ich natürlich etwas, was man auch zu Klassentreffen mitbringen kann. Ich weiß nur leider gar nicht, was die erwarten. Nervös fingerte er an dem kleinen Plastiksaxophon herum, das neben ihm an der Restauranttür lehnte: Meinst du, das reicht?

Ich bin auch nicht in diesem Verein, sagte ich nur. Ich wollte nicht mit ihm diskutieren, sondern bemühte mich, das Thema zu wechseln. Von meiner Arbeit kann ich mich nur distanzieren, plapperte ich wild vor mich hin. Und warum über meinen verschollenen Freund reden. Eigentlich gibt es den schon gar nicht mehr.
Nun war es an ihm, bedächtig zu nicken. Ich bin auch gescheitert, gab er zu. Aber hervorragend substituiert!
Du bedienst doch nur den Trend, gab ich zu bedenken.
Aber nein, aber nein, jetzt kam er in Fahrt, ich habe aktiv alles hingeschmissen, ganz freiwillig; zuvor war ich erfolgreich im Ersatzkaffeehandel tätig. Aber die Erleichterung, das aufzugeben, die ist so echt gewesen – eine einzige Befreiung. Ich lebe jetzt mein wahres Leben.
Ich betrachtete den kaputten Rucksack, der neben seinem schmutzigen Schlafsack auf dem Boden lag.
Nein, nein, nein, das meine ich nicht, rief er, diese vorübergehende Staffage. Es geht mir ums Prinzip. Weißt du, ab und zu schmeiße ich alles hin und erfinde mich neu. Und zwar radikal. Nicht nur das übliche bisschen Make-over.
Faszinierend, sagte ich. Mir musste damals noch der Verfassungsschutz behilflich sein.
Er ging nicht drauf ein. Manchmal halte ich es wochenlang aus, manchmal Monate, manchmal Jahre. Es hat aber auch schon Phasen gegeben, wo ich mehrmals am Tag jemand anders geworden bin. Alles hab ich schon durchprobiert: studiert hab ich, oh ja, zumindest angefangen; dann hab ich mich zurückgezogen, Gedichte geschrieben – im Vergleich dazu ist mein heutiger Lebensstil luxuriös; so dass ich schließlich eine Stelle angenommen habe, so einen Aushilfsjob in einer Mühle, sehr archaisch, nur die Technik auf dem neuesten Stand.
Das Mädchen gähnte. Das Baby auf meinem Rücken schlief allmählich ein. Ich behielt die beiden fußballspielenden Jun-

gen im Auge, die sich ständig anbrüllten und balgten; doch immerhin war ihr Ball behäbig genug, um nicht auf die Fahrbahn davonzurollen.

Schließlich hatte ich genug von dieser ewigen Abhängigkeit, fuhr mein Klassenkamerad fort, und ich bin in die Politik gegangen; also, ich hab schon einiges bewegt, im Ortsverein. Und selbstständig hab ich mich gemacht, ein Jahr lang die Weltmeisterschaft für Rasenmäherrennen auf die Beine gestellt – danach kam dann diese weniger amüsante Phase in Untersuchungshaft: dafür bin ich aber entschädigt worden. Und die ganze Zeit, er lachte auf, ist mir nicht aufgefallen, dass das schon Methode hatte. Doch ich war noch weit davon entfernt, meine Lebensweise wirklich zu meiner Lebensweise zu machen. Ja, und du hast Recht, Punkte habe ich die ganze Zeit gesammelt, das fällt ein bisschen raus – aber die unterschiedlichsten Punkte, Punkte aller Art; quer durcheinander; was ich alles für Punkte gesammelt habe –

Punkte?, fragte ich.

Jetzt schien er mich doch ein wenig wahrzunehmen Mit einem Hauch von ehrlicher Besorgnis im Gesicht fragte er: Sammelst du keine Punkte? Selbst das kleine Mädchen an meiner Hand schien sich auszukennen und fing an zu zählen: zweiundzwanzig, dreiundzwanzig, vierundzwanzig, fünfundzwanzig, sechsundzwanzig, zehnundzwanzig.

Ich habe immer gesammelt, fuhr mein Klassenkamerad fort, selbst während der langen Phase, in der ich mich für Wiedergeburt interessiert habe, richtig reingesteigert habe ich mich, ich habe darin gelebt – ja, das war eigentlich der wichtigste Schritt, dass ich das überwunden habe, diese Flucht in die Vergangenheit. All diese verschwendete Zeit! Wenn ich früher begriffen hätte, dass diese Inkarnationen, all diese Varianten im richtigen Leben ihren eigentlichen Platz haben – eine Frau war ich übrigens auch schon mal. Und habe geglaubt, das wär die

Lösung. Nun gut, du hast Recht – immerhin hat es mir weitergeholfen, ohne diesen Schritt wär ich vielleicht nie darauf gekommen, wie die Lösung wirklich aussieht. Ja, ich bereue nichts. Schließlich habe ich immer alles für mich rausgeholt. Und jetzt bin ich in der Realität angekommen.
In welcher?, fragte ich.
Eben in dieser ständig wechselnden. Das entspricht mir. Und das ist es doch, was zählt. Vielleicht beginne ich morgen schon etwas ganz anderes. Vielleicht steige ich aufs Hörspielmachen um. Ich müsste mir nur ein gutes Aufnahmegerät klauen und anfangen; erstmal vielleicht mein Leben erzählen und mir dann immer mehr ausdenken –
Hörspiele?, fragte ich. Wie kommst du ausgerechnet darauf?
Er stutzte; irgendwas schien ihm verdächtig, doch ihm fiel nicht ein, was. Schließlich zuckte er die Achseln. Ach, Hörspiele bringen nun mal Sinn ins Leben. Na ja, für eine Phase eben, schwächte er ab. Um nicht das Gefühl zu haben, das auch noch zu verpassen, wenn man es so leicht haben kann. Wirklich wichtig kann ich danach ja noch werden.
Ich nickte geduldig. Tja, diese ganze Sehnsucht nach Identität ist doch nichts als die Sehnsucht, jemand anders zu sein.
Aber er schüttelte den Kopf. Was heißt hier Sehnsucht: weg muss man. Ich weiß nicht, wie das die anderen machen; ich halte es nie aus mit einem Vorleben. Wer oder was man auch ist; man blamiert sich doch nur. Und damit muss man dann leben. Nein, nein, nein, nein. Ohne mich! Was vorbei ist, ist vorbei – warum sich damit belasten; man kann doch nichts mehr daran ändern. Man muss Schlussstriche ziehen können!
Ich nickte. Doch er schüttelte weiterhin den Kopf, mit der Zeit immer langsamer und trauriger: Nein, nein, du hast Recht. Das ist doch nur eine Alibiaktion – wie all das andere auch.
Nun konnte ich nicht anders, als weiterhin zu nicken.

Ich muss das ganz neu denken, rief er. Dieses ständige Kreisen um mich selbst, das macht doch krank! Und so verspiel ich meine Zeit. Dabei geht es gar nicht um mich. Es gibt so viele Menschen, die Hilfe brauchen – Menschen, denen ich wirklich helfen kann. Und daher auch helfen muss! Mit meinem Konzept! Erfinde dich neu! Mit Komplettservice. Das ist mein Konzept!
Aber ist es das, was ich wirklich will, fing er nun doch an zu zweifeln, und tat so, als würde er nicht bemerken, dass ich schon wieder das Mädchen einfangen und das Hundeleinenspringseil aufsammeln musste und daher auch nicht sicher sein konnte, ob ich seine Ausführungen korrekt mitbekam; doch meiner Wahrnehmung nach zählte er Referenzen auf: Freunde von mir sagen, dass mit mir gar nicht zu reden ist, auch wenn ich immer nur das Gute will; dass ich nicht schnell genug bin, dafür aber sehr tief und motiviert und begeisterungsfähig und sachverständig, und dass man mit mir Pferde stehlen, wenn auch keine Gebrauchtwagen kaufen kann. Dass ich nicht leicht aufgebe und das, was ich tu, ganz tu. Und dass ich eigentlich schüchtern bin und man sich auf mich verlassen kann – unbedingt! Dann hab ich noch ein paar Unbekannte spontan auf der Straße befragt, die sich übereinstimmend beeindruckt von meiner Unbedingtheit gezeigt haben. Und von meiner rauen Schale, die, ja, ja, doch, auf einen, tatsächlich, weichen Kern – übrigens weist mein letzter Internetselbsttest in dieselbe Richtung.
Ich seufzte: Die gängigste Methode, sich im Internet zu verlieren; du folgst einem Hinweis: Testen Sie Ihre Persönlichkeit, und schon bist du im Spiel.
Ja, du hast Recht, rief er. Man muss nur an sich glauben.
Wach auf, schrie ich, während das Mädchen an meiner Hand immer lauter zu quengeln begann, ich habe auch keinen Job für dich. Nimm's dir nicht zu Herzen. Hauptsache, man ist ein wertvoller Mensch. Alles andere sind Stilfragen.
Nein, es ist vergeblich, flüsterte er erbittert. Und ich tu schon

alles, um ein bisschen Leben ins Leben zu bringen. Aber das Wesentliche war doch unsere Jugendzeit, und die ist vorbei.
Ich, rief das Mädchen, ich will auch mal was sagen! Doch es drang nicht durch. Nur die beiden Jungen wurden aufmerksam und kamen angelaufen. Aber mein Klassenkamerad redete unbeeindruckt weiter: Ja, du weißt es, wir haben nun mal die wichtigsten Jahre miteinander verbracht; nach der Pubertät erlebt man ja nichts Wesentliches mehr, so sehr man sich auch anstrengt – wobei ich mich manchmal schon frage, ob das nicht doch an diesen Medikamentenversuchen in unserem Internat lag.
Das waren Fluoridtabletten, stellte ich klar.
Ich hab das selbst im Radio gehört – irgendso etwas. Und jetzt, bitte, sag diesem kleinen Biest, dass es mich nicht mehr beißen soll.
Tut mir leid, räumte ich ein, um diese Kinder wirklich erziehen zu können, bin ich viel zu gut erzogen.
Ich versuchte, die Kiefer des Mädchens zu lockern, doch es hatte sich fest in seinem Unterschenkel verbissen. Nur mit einem Trick konnte ich meinen Klassenkameraden befreien. Was ist denn los? Du darfst mir alles erzählen, sagte ich immer wieder zu dem Mädchen, bis es nachgab und sich schreiend auf mich stürzte: Ich will doch nur, ich will doch nur, ich will doch nur! Nur!, brüllte es.
Auch ich war einmal ein grauenhaftes Kind, flüsterte ich, um es zu trösten. Da fing es an zu weinen. Ich hatte keine Chance. Ich musste diese Kinder zurückbringen, zurück in ihr Zuhause; könnte ihnen vielleicht noch zuwinken, aber dann musste ich endlich nach Antwerpen.
Zunächst allerdings sollten sie sich noch ein wenig abregen. In diesem Zustand konnte ich sie meiner Klassenkameradin schlecht zurückbringen. Wo ist der nächste Park?, fragte ich den Jungen.

Kinder brauchen Natur, hatten meine Tanten immer gesagt und waren mit mir an möglichst abgelegene Orte gegangen, wo wir niemandem begegnen konnten. Damals hatte mich das gelangweilt. Jetzt konnte ich meine Tanten besser verstehen. Allerdings begriff ich nun auch, dass sie – trotz gegenteiliger Bekundungen – in Wirklichkeit nie versucht hatten, mich zu erziehen: ich durfte immer alles, nur nicht unter Leute.
Doch die Leute sind immer und überall. Der Park, zu dem der Junge uns jetzt führte, war geradezu überfüllt. Gleich am Eingang standen zwei junge Frauen. Im ersten Moment meinte ich, die unvermeidliche Tante Daniela wiederzusehen, doch ihre Stimme klang verrauchter als es in der kurzen Zeit zu erreichen gewesen wäre. Spiel ich nun von innen nach außen oder von außen nach innen? fragte sie. Was will er denn? Ich weiß es doch nicht. Ach, wir sind so hilflos. Wir wissen selbst nicht, was wir tun. Wir sind blind, wir sind Puppen, wir können uns selbst nicht beurteilen, immer muss uns einer anschauen und uns sagen, ob das funktioniert, was wir da vorführen –
Doch die andere Frau schüttelte den Kopf: Aber du weißt doch selbst, ob es sich richtig anfühlt, wenn du von innen nach außen spielst. Und von außen nach innen spürst du es doch umso mehr! Nein, nein, keine Ausreden. Wichtig ist nur, dass du dem gehorchst, was du wirklich bist, dass du dich darauf einlässt – bedingungslos ehrlich, mit all deinen Obsessionen – das ist die ganze Kunst; gerade das, was du am liebsten verstecken würdest.
Die erste junge Frau schnatterte, als ob sie friere: Und wenn da nichts ist?, murmelte sie. Ich meine, nicht das, was man so üblicherweise zu verstecken hat?
Die andere zuckte nur routiniert die Achseln: Na, da hast du's doch; genau das ist der Punkt. Jetzt lass dich darauf ein. Und überhaupt: du musst nur laufen. Nur ein paar Schritte gehen.

Aber die erste schnatterte nur umso mehr. Und als der Junge sie im Vorbeirennen streifte, kreischte sie auf.
Können Sie Ihre Kinder nicht an die Leine nehmen?, fragte die andere mich.
Da hab ich schon was, an der Leine, wollte ich rufen, und hatte es schon gerufen, noch bevor ich es mir besser überlegen konnte. Doch die beiden kümmerten sich ohnehin nicht um mich. Und selbst meine Kindergruppe hatten sie gleich wieder vergessen. Die Kleinen konnten in diesem Park kaum Aufmerksamkeit erregen. Dabei hatte ich mich in der kurzen Zeit an ihr flächendeckendes Krawallpotential bereits so gewöhnt, dass ich es schon vermisste; doch wenn die Kinder nicht direkt jemanden attackierten, wurden sie hier überhaupt nicht wahrgenommen. Denn hier fand Wichtigeres statt.
Zwischen Spielplatz und Ententeich hatte sich eine Menschenmenge angesammelt. Die Leute standen in respektvollem Abstand um ein Paar, das sich auf einer Picknickdecke anschwieg, so weit voneinander entfernt, wie die Decke es zuließ. Die Frau warf einen Blick zum Himmel, dann sah sie direkt in die Kamera, die auf sie gerichtet war. Der Mann drehte seinen Kopf in Richtung einer zweiten Kamera und musste husten, er hustete und hustete, wurde rot im Gesicht, warf sich auf den Boden; nun erst wendete seine Partnerin sich ihm zu und klopfte zwischen seine Schulterblätter – die Szene wurde abgebrochen. Das Filmteam gruppierte sich um, der Mann bekam etwas zu trinken und wurde nachgeschminkt.
Von der fünften Wiederholung der Szene an wurde das Publikum unwillig. Weitere Pannen hatten sich nicht ereignet, und erst mitten in der achten Wiederholung wurden sie Zeuge, wie ein kleiner Junge – eifrig in die Kamera winkend – über die Picknickdecke rannte; und ich hinterher, denn das war mein Junge. Nachdem ich ihn eingefangen hatte, wollte ich mich entschuldigen, aber da zerrte man mich aus dem Bild.

Weitermachen, brüllte der Regisseur. Zu mir rief er: Wir sprechen uns. Und tatsächlich kam er in der kurz darauf folgenden Pause auf mich und die Kinder zu, wobei er mit neun Personen gleichzeitig redete, Anweisungen gab, Lob, Kritik und Beleidigungen verteilte, Probleme herunterspielte und den Zeitplan für die nächsten Stunden umwarf.

Wie hältst du das aus, sagte ich, so ein Beruf. Du willst also immer noch zum Film?

Mit zwei, drei Blicken schickte er sein Gefolge außer Hörweite: Da bin ich angekommen. Er trug ein Godard-T-Shirt.

Ich bewundere alle, die an ihre Träume glauben, sagte ich. Nur nicht aufgeben.

Ich habe Bundesfilmpreise in Gold und Silber bekommen, würdest du das bitte begreifen.

Aber ich wusste zu gut, dass wirkliche Erfolge keiner Erwähnung bedürfen.

Er sah mich nicht ohne Sympathie an, vergriff sich aber im Kompliment. Statt zu sagen, dass ich schöner, schlanker, jünger und vor allem anders als zu Abiturzeiten aussähe, behauptete er, ich hätte mich nicht verändert. Er selbst gab zu, gealtert zu sein. Meine Entschuldigung wegen der verhunzten Szene wies er zurück: Ich denke, ich lasse es drin.

Ich hatte bereits befürchtet, mich am Ende in irgendeinem Making-of wiederfinden zu müssen, aber das war zuviel. Ich hasse es, mich in der Öffentlichkeit zu zeigen, sagte ich. Er lachte freundlich: Man wird zum Glück nur deinen Rücken sehen. Von dem Jungen haben wir etwas mehr eingefangen. Ich glaube, das war notwendig. Weißt du, von Anfang an hieß mein Credo: keine Kinder vor der Kamera. Aber ausgerechnet in den Filmen, die etwas geworden sind, künstlerisch, spielen Kinder tragende Rollen, ich habe einen Film gedreht, Arthaus, sehr avantgardistisch, in dem ausschließlich Kinder spielen, meine eigenen Kinder sogar; dazu war ich niemals zuvor bereit gewesen, das war

tabu, das war mein Tabu – es ist der Film meines Lebens geworden. Künstlerisch. Persönlich hat es mich natürlich ruiniert.
Du brauchst mir nicht zu erzählen, was das für Filme sind, sagte ich.
Er ging nicht einmal darauf ein: Ich habe gegen alle meine Glaubenssätze verstoßen. Eigentlich bin ich hochdogmatisch. Aber es ging nicht anders. Ich musste das tun. Meine Frau hat mich verlassen, nur deswegen – erinnerst du dich noch an meine Frau? Du kennst sie. Sie war Lehrerin bei uns. Du kannst sie nicht vergessen haben. Ihr Kind damals, kurz vor unserem Abitur; das hast du doch mitbekommen. Ja, das war von mir. Und jetzt – ich hätte sie nicht länger an der Schule arbeiten lassen dürfen. Er ist so jung wie ich damals.
In deinem Beruf hast du doch alle Chancen.
Was kann sie von mir noch wollen. Ich bin mittelmäßig geworden, seit sie mich verlassen hat. Das ist die Frau für mich. Ich brauche die Kinder. Ja, ich weiß, dass ich keinen Anlass habe, mich zu verachten. Alles läuft prima. Mein Etat steigt von Film zu Film. Seit ich mich streng an meine Regeln halte, habe ich mir nichts vorzuwerfen. Auch künstlerisch. Aber es ist zu spät. Mein letzter Film gilt als technisch perfekt – das sagt doch schon alles.
Sei froh, dass du überhaupt noch arbeitest.
Du hast es gut, sagte er, das ist es, was auch ich mir wünsche: sozusagen angekommen zu sein. Du hast so hübsche Kinder. Nein, ich bitte dich jetzt nicht, mir eins oder zwei auszuleihen, nein, das darf ich nicht verlangen, das nicht, es wäre falsch, für uns beide.
Aber du hast doch Erfahrung mit Kindern, sagte ich, denn das war nicht zu übersehen; während unseres Gesprächs hatte er seine Socken ausgezogen und über seine Finger gestreift; mit diesen improvisierten Handpuppen führte er ein stummes Begleittheater auf, das die Kinder mäuschenstill schauen ließ.

Wie lange filmt ihr?, fragte ich. Ich könnte sie wieder abholen.
Er schüttelte den Kopf.
Hätte mich diese Chance weniger unerwartet getroffen, hätte ich ihn problemlos überreden können. So war ich selbst angewidert davon, wie armselig ich ihn anbettelte und wie halbherzig klang, was ich doch ernsthaft wünschte; zumindest in diesem Moment: Bitte, nimm mir wenigstens eins ab. Sieh doch mal – ist das kein Prachtexemplar?
Aber an Patrick schien er kein Interesse zu haben. Nein, sagte er, nein, nein, es geht nicht. Ich muss mich mit der kleinen Szene zufrieden geben. Schön, dass wir uns wiedergesehen haben. Kommst du zum Klassentreffen? Pass gut auf deine Kinder auf – sie sind das Beste, was dir je passieren konnte. Damit kehrte er zu seinem Team zurück.
Kommt, wir gehen nach Hause, sagte ich den Kindern. Wo ist euer Hund?
Wieder kam nur ein Kichern, so dass ich selbst das Springseil suchen musste – was mich umso mehr in meinem Wunsch bestärkte, die Kinder so bald wie möglich nach Hause zu bringen. Umso dringlicher, als das Baby inzwischen erwacht war und das Mädchen laut nach seiner Mutter quakte.
Ich wollte die Kinder nach Hause bringen, so entschlossen war ich, sie nach Hause zu bringen, dass ich erst bemerkte, dass ich stattdessen den direkten Weg zum Bahnhof eingeschlagen hatte, als wir ihn erreicht hatten.
Es war nur ein natürlicher Reflex, am Bonner Bahnhof daran zu denken, nach Antwerpen zu fahren; genauso, wie die Kinder wieder automatisch in die Überwachungskameras winkten.
Aber mit diesen Kindern konnte ich doch nicht ins Ausland fahren. Allerdings durfte ich sie auch nicht allein am Bahnhof stehen lassen. Also nahm ich sie mit. Sie quengelten ohnehin schon, dass sie sich hinsetzen wollten. Wir stiegen in den

ersten beliebigen Zug; wobei ich zum erstenmal in meinem Leben nicht einfach so einstieg. Man nimmt es normalerweise nicht richtig wahr, man denkt, man steige einfach, selbst mit viel Gepäck noch einigermaßen einfach, in einen Zug; doch erst mit vier schlecht gelaunten kleinen Kindern und einem imaginären Hund begreift man, was das eigentlich für ein Schritt ist.

Allerdings wurde das Gewese, das ich um den Hund machte, dem Jungen zuviel. Wir tun doch nur so, sagte er genervt. Und Patrick nickte dazu. Doch ich blieb dabei. Es geht ums Prinzip, betonte ich, wer sich ein Haustier angeschafft hat, muss sich darum kümmern. Man darf es nie im Stich lassen. Und der Meinung blieb ich, auch wenn mir in diesem Moment leider einfiel, dass ich weder Wasser noch Hundefutter dabei hatte, nur diese lächerliche Leine.

Der Zuglautsprecher knackte und räusperte sich, schließlich kam eine Durchsage, auf Deutsch und Englisch ähnlich unverständlich; trotzdem ließ sich – auch wenn ich aufgrund der Tonqualität zunächst meinte, dass in Wirklichkeit auf einen Koffer hingewiesen wurde, auf einen herrenlosen Koffer, mit allem Wesentlichen darin, der vorsichtshalber gesprengt werden müsse, wenn niemand ihn an sich nähme – nicht überhören, dass der Zug ins Allgäu fahren sollte. Nun gut, mit den Kindern hätte ich in Antwerpen sowieso nicht ins Museum gehen können. Und ihnen schien es egal zu sein. Den Zug empfanden sie als interessante Abwechslung; selbst das Baby beruhigte sich, als er nun anfuhr.

Im ersten Zugabteil, in das ich schaute, saß ein Mann, auf dessen T-Shirt *www.alles-ueber-mich.de* gedruckt stand. Ich zog die Kinder weiter.

Aber der sah doch nett aus, protestierte der Junge. Ich murmelte etwas von Kleinkindabteil.

Ich bin nicht klein!

Das wusste ich, aber ich behauptete, Kleinkindabteile seien begehrt und schwer zu ergattern, das sei Grund genug, eins zu erobern; allerdings gäbe es da mit großen Kindern kaum eine Chance, weshalb er den Schaffnern gegenüber so tun müsse, als sei er klein. Auf diese Herausforderung ließ er sich ein. Leider waren die nächsten Abteile alle besetzt; Platz fanden wir erst auf zwei Doppelbänken mit Tisch in einem Großraumwagen. Sofort behauptete ich, der ganze Wagen wäre für Kinder reserviert. Zum Glück konnte er noch nicht lesen.

Kleinkindabteil!, brüllte er, als sich ein älterer Mann schräg gegenüber niederlassen wollte. Das stört mich nicht, sagte der Mann mit kerniger Stimme.

Misstrauisch starrte der Junge ihn an. Aus seiner Jackentasche holte er die Kreppklebebandrolle, die er anscheinend seit unserem Aufbruch mit sich herumgeschleppt hatte. Wir brauchen endlich Namen, sagte er. Falls etwas passiert; damit wir nicht verloren gehen. Auf Reisen muss das sein.

Er drückte mir seinen Stift in die Hand. Du kannst noch eine Nummer dazuschreiben, wie bei den Sportlern, sagte er gnädig. Und diktierte mir die Telefonnummer seiner Mutter.

Ich wollte ihm die Zahlenreihe auf die Jacke schreiben, doch er und damit natürlich auch die beiden anderen bestanden darauf, die Jacken auszuziehen und ihre beschrifteten Pyjamas weiter zu bekleben und der ganzen Zugöffentlichkeit zu zeigen.

Doch die war ohnehin mit sich selbst beschäftigt. Eine Frau schimpfte in ihr Mobiltelefon über Blasen – Blasen, Blasen, Blasen, die sich immer wieder bilden; alles nur herbeigeredet, aber die Folgen fatal – doch diese Börsenspekulationen schienen sie selbst nur theoretisch zu betreffen; sie sah so aus, als sei die Handyrechnung ihr größtes potenzielles Elend; aber worauf konnte man sich noch verlassen.

In unserer Nähe, wenn auch außerhalb meiner Sichtweite,

unterhielten sich mehrere Männer; einer beharrte darauf, ausführlich, mit Terminkalenderbeleg aufzulisten, wer ihm wann versichert habe, jede haben zu können.
Die anderen lachten mit ihm oder lachten ihn aus oder wahrscheinlich beides. Wir müssen provozieren! Darauf kommt es an, rief einer. Aber, rief der erste wieder, ich habe mich nie kaufen lassen. Das waren meine wirklichen Überzeugungen.
Wo fahren wir eigentlich hin?, fragte der Junge.
Zu eurer Mama, behauptete ich schlicht und war beeindruckt von meiner eigenen Dreistigkeit, sie wartet schon auf uns. Das immerhin durfte hinkommen.
Au ja!, schrie das Mädchen. Au ja! Sie freute sich so sehr, dass ich nun doch ins Schwitzen kam. Ja, sagte ich, und ich hoffe, wir kommen so bald wie möglich dort an.
Das wünschte ich aufrichtig, denn in meinem Bewusstsein hämmerten sogleich die heftigsten Vorwürfe und Vorwände los. Aber das tu ich doch nicht echt, beschwichtigte ich mich, ich sitze hier nicht mit den Kindern meiner Klassenkameradin in diesem Zug, das wär eine Entführung, zu so etwas bin ich gar nicht in der Lage, das kann ich doch nicht wirklich tun – selbst wenn der Unterschied geringfügig scheinen mag, ob ich nun in Bonn mit diesen Kindern unterwegs bin oder in diesem Zug; und ich der verantwortungslosen Mutter der Kleinen ja nur einen heilsamen Schreck einjagen will.
Doch beim Gedanken an diesen Schreck wurde mir schlecht, obwohl ich doch besser als alle anderen wusste, dass es den Kindern gut ging, und ich selbst sehen konnte, wie munter sie den Tisch, an dem wir saßen, mit Malerkreppstreifen beklebten. Aber ich fühlte mich übel und wünschte meiner Klassenkameradin noch viele stundenlange süße Träume.
Gleichzeitig wusste ich, dass ich trotz meiner Übelkeit nicht an der nächsten Station, in die wir bereits einfuhren, aussteigen und den ersten Zug zurück nach Bonn nehmen würde – was

möglich gewesen wäre, was das Schlimmste verhindern, alles wieder hätte gutmachen und mir darüber hinaus auch diese Kinder vom Hals schaffen können, die ich schon gar nicht mehr ertrug. Und wie sollte ich es meinen Tanten erzählen? Denn erzählen musste ich es ihnen, früher oder später; ich verspürte sogar einen Drang, es ihnen zu erzählen oder ihnen die Kinder am besten gleich zu zeigen; die Richtung stimmte, und wozu sonst hätte ich das alles gemacht; denn das war die Wirklichkeit, ich wollte es meinen Tanten zeigen, auch wenn sie mich keineswegs bewundern würden und überhaupt nicht bewundern konnten für meinen Nachwuchs, sondern mir gleich unterstellen würden, auf ebenso windigen, wenn nicht noch windigeren Wegen zu Nachwuchs gekommen zu sein wie sie selbst; und obwohl sie damit sogar Recht gehabt hätten, machte es mir Spaß, ihre Reaktionen im Kopf vorwegzunehmen, als ob es sich wieder einmal nur um ein Hörspiel handelte. Dabei befand ich mich in der Wirklichkeit – auch wenn ich diese durcheinanderschießenden Kommentare im Kopf nur zu gut aus Hörspielen kannte, sie waren mein eigener Lieblingstrick zur Simulation von Bewusstseinsebenen, dramatische Situationen lockerte ich gern damit auf.

Doch was im Hörspiel funktioniert, geht in Wirklichkeit selten gut, und wie so häufig hatte ich in der Wirklichkeit viel weniger Zeit zum Denken; auch jetzt musste ich erst mal das Baby beruhigen, das meine Aufregung anscheinend gespürt und übernommen hatte, und den von Patrick überraschend wiederbelebten Hund davon abhalten, fauchend eine Dackelin zu zerfleischen. Das zugehörige Frauchen versäumte es einzugreifen, sie bemerkte gar nichts davon, so eifrig war sie am Telefonieren. Der von mir selbst erfundene Guru, den ich Echter-Werden-Kurse im Internet habe anbieten lassen; ausgerechnet der schickt mir jetzt Werbespam! rief sie in ihr Handy.

Ein Mann ging den Mittelgang entlang, hin und her und her

und hin, und erzählte seinem Telefon niedergeschmettert von einem Arztbesuch; wobei er wohlarrangiert sein Leben, seine vielversprechende Karriere, die ihm nun nichts mehr helfe, Revue passieren ließ, bevor herauskam, dass er nur noch einen Monat zu leben habe. Sein abschließendes *Tot – tot – tot – tot – tot*, mit dem er sich endlich in Richtung Speisewagen verzog, konnte mich überhaupt nicht mehr überzeugen; anscheinend ein Schauspielschüler, der seine Hausaufgaben machte, oder jemand, dem sein Verhaltenstherapeut Auftritte im öffentlichen Raum verordnet hatte. Besseren Text brauchten sie beide. Ich riss mich zusammen; andere Leute haben auch Probleme, sagte ich mir und überdeckte damit alle anderen Sätze in meinem Bewusstsein.

Ich holte das Baby aus seinem Rucksack und ließ es an meinen Fingern saugen. Eine Zeitlang schien es damit zufrieden, dann richtete es mehr und mehr seine Aufmerksamkeit auf mein T-Shirt, und gerade als ich mich fragte, ob es wirklich schon abgestillt war, rief das Mädchen sehr erstaunt: Du hast ja einen Busen!

Das ist aber kein echter, wusste der kleine Junge.

Ja, rief Patrick begeistert. Ja, ja!

Ich wollte etwas sagen, aber ich brachte es nicht fertig, vor den anderen Leuten im Wagen meine Oberweite zu verteidigen.

Du brauchst erst ein Baby, damit er funktioniert, erklärte der Junge.

Die anderen Fahrgäste lachten. Auch der ältere Mann gegenüber fletschte sein Gebiss. *Break on through to the other side*, stand auf seinem T-Shirt.

Das Mädchen starrte ihn an und flüsterte mir etwas zu, was ich nicht verstand. Und nun schob sie sich allmählich neben das Baby auf meinen Schoß. Auch die beiden Jungen kamen von ihrer Bank herüber zu mir, sie tuschelten miteinander und rückten immer näher. Gemeinsam drängten wir uns auf einem

Fensterplatz, schräg gegenüber dem Platz am Gang, auf dem der Mann saß.
Um zu verhindern, dass das Baby zerquetscht wurde, schubste ich die anderen Kinder vom Sitz. Da klammerten sie sich an meine Beine. Der Mann lächelte. Ich nickte ihm zu. Das Mädchen flüsterte schon wieder. Aber ich wollte nicht wissen, was es biss, und bat es nur, mich seinerseits nicht zu beißen.
Ja, der beißt, erklärte der Junge.
Das Mädchen nickte. Und jetzt machte sich niemand mehr die Mühe zu flüstern. Zwei Kinder riefen angstvoll: Der beißt! Der beißt! Und Patrick nickte dazu. Nun hielt er den Hund zurück, tat so, als wolle er ihn damit beschützen und versteckte sich doch nur hinter ihm. Immer näher drängten sich die Kinder an mich. Das Mädchen kletterte nun sogar auf meine Armlehne und versuchte von dort, auf meine Schultern zu gelangen, was ich gerade noch verhindern konnte.
Du kannst dich auch neben mich setzen, wenn es dir bei euch zu eng ist, sagte der Mann zum Mädchen.
Da begann es schrill zu kreischen. Nein, sagte sein Bruder, besser auf der Lehne oder auf dem Mülleimer als neben dir. Du beißt uns.
Aha, sagte der Mann, eher geschmeichelt als peinlich berührt, du hast mir also angesehen, dass ich Wolf heiße.
Diese Eröffnung bestätigte die Kinder in ihrer Angst, schien sie aber gleichzeitig zu beruhigen, sie kreischten zwar umso lauter, aber nur noch zum Spaß, und der Junge machte sogar das neue Spiel mit: Ja, wir sind die sieben Geißlein.
Scheißlein, sagte das kleine Mädchen.
Auch Patrick wagte sich vor: Und du bist die Muttergeiß.
Der kleine Junge sah ihn und dann mich gnädig an: Aber nur im Spiel.
Seien Sie Ihren Kindern nicht böse, sagte der Mann. Ich war bereit, alles abzustreiten, aber der Junge ließ mich nicht zu

Wort kommen. Das kann sie sowieso nicht richtig, sagte er. Sollte er reden. Ich war müde. Ich lächelte den Mann an: Das sind nicht meine Kinder. Zu gern hätte ich ihm alles gestanden. Doch ich riss mich zusammen: Ich teste mit den Kleinen nur meine Nerven. Anfang nächsten Monats beginnt mein Astronautentraining. Aber das ist nicht wirklich mein Beruf. Ich mache das zum Vergnügen.

Wie bitte?, fragte der Mann.

Weltraumtourismus, rief ich.

Ach ja, sagte der Mann. Ich würde auch gern meinen Freunden und der Weltöffentlichkeit erzählen, dass ich mir so was leisten kann. Aber wenn ich ehrlich bin: zum Forscher hat's bei mir nun mal nicht gereicht, dafür war ich zu faul. Die Bodenstation, die ganze Technik, das hätte mich schon interessiert, ehrlich – aber Raumfahrer? Der Blick soll ja toll sein. Doch diese Enge da oben: du musst diese dicken Anzüge tragen, und alles ist eng, mitten im riesigen Weltall wird es dir eng; das kann's doch nicht sein. Und ich persönlich brauche einfach Sauerstoff. Ehrlich, ich will nirgendwohin, wo ich meine Luft mitbringen muss. Und wo sie mir ausgehen kann. Also, selbst wenn das wahre Leben auf dem Mars stattfindet – nein. Wenn ich am Ende allein durchs All drifte, losgelöst von der Station – dafür noch zahlen?

Die Kinder hatten längst genug von seinen Ausführungen; doch sein Gebiss konnte sie immer noch faszinieren. Also ermunterte ich ihn weiterzusprechen. Es gibt so wenige Menschen, mit denen man wirklich reden kann, sagte ich.

Daraufhin fiel ihm zunächst nichts weiter ein; aus Verlegenheit kam er auf seinen Beruf zu sprechen: Also, ich bin Theoretiker. Im Kalenderbusiness.

Theoretisch im Kalendergeschäft?, fragte ich.

Nein, nein, er lachte fröhlich. Ich entwickle Theorien. Für Abreißkalender. Jeden Tag eine neue Theorie.

Worüber?
Na, über die Welt und Gott und die Menschen und die Liebe und den Tod.
Dreihundertfünfundsechzig?
Oh, wir sind bereits im sechsten Jahr. Und sie stimmen alle. Allmählich wird es Routine. In der Rente, da mache ich dann endlich, woran mir wirklich liegt. Vorher spürt man die Leere ja nicht so sehr, erklärte er. Auch wenn sie selbstverständlich schon da ist. Doch wenn ich endlich Zeit habe, stürze ich mich ganz auf mein großes Projekt. Ehrlich! Er kam näher, die Kinder wichen zurück, instinktiv legte ich meine Arme schützend um das Baby; doch er wollte nur etwas loswerden.
Ja, erzählen Sie mir, was Sie auf dem Herzen haben, sagte ich, nur bitte, bitte: keine Außerirdischen.
Nein, nein, daran glaube ich doch nicht! Aber, nun flüsterte er mir direkt ins Ohr, mein Projekt, so etwas hat die Welt nicht gesehen: Eine Suchmaschine! Eine Suchmaschine für die Wirklichkeit, die jedes gesprochene Wort in der Atmosphäre bis zu vier Monate später noch findet und vernetzen kann, also, alles, was gesagt, und sogar, was gedacht worden ist; da ist und bleibt doch immer etwas, in irgendeiner Form! Und das will ich nutzen. Um all die Bezüge endlich dingfest zu verlinken. Nun gut, sagte er laut und wandte sich wieder ab, als wäre nichts gewesen, damit hab ich noch ein bisschen zu tun. Und wenn das nichts wird, kann ich mich trösten: Eigentlich bin ich ja Künstler, ja, ja, ein Performance-Künstler, wie ich so durchs Leben stolpere – ehrlich, meine Ungeschicklichkeit ist nichts als Kalkül!
Und damit stand er, gar nicht ungeschickt, auf, so dass ich nun auch die Rückseite seines T-Shirts – *Nothing is real* – lesen konnte; drehte sich noch einmal um und ließ mich Grüße an meine Tanten ausrichten. Er bedaure es sehr, schon lange nichts mehr von ihnen gehört zu haben.

Kennt der dich?, fragte der Junge.
Eher war zu fragen, was sein nervöses Zwinkern hatte bedeuten sollen. Doch der Mann war bereits gegangen. Der Zug hielt, er musste ausgestiegen sein.
Die Kinder kamen nicht dazu, sich im Wagen auszubreiten. Selbst unsere zweite Sitzbank konnten sie nicht schnell genug wieder belegen. Denn es wurde voll. Eine Frau kam herein, ohne Gepäck, nur mit einem Buch, das sie so auf den Tisch legte, dass mir der Titel *How to do things with words* ins Auge fiel. Sie sah mich konsterniert an. Sind Sie nicht – ?, fragte sie, dann nahm sie die Kinder wahr und entschuldigte sich. Das konnte nicht sein. Sie setzte sich mir gegenüber, nickte den Kindern zu, überhörte die Kleinkindabteil-Rufe des Jungen und fing an, ihre Jackentaschen nach ihrer Fahrkarte zu durchsuchen. Schließlich lächelte sie erleichtert.
Ein Mann mit einem kunstvoll auffälligen Gipsverband am steif abgewinkelten Arm schob seinen Lederkoffer ins Abteil, setzte sich neben sie und fragte erst hinterher, ob ihr das recht sei.
Kein Problem, kein Problem, sprudelte sie los. Mein Vater sagt immer, ich hätte die Gelassenheit meiner Tante Edelgart geerbt. Sie können mich überhaupt nicht stören. Auf ihrem T-Shirt stand: *Ich kann Karate*. Ein Kinderschuh kam dem Koffer nah. Der Mann zuckte zusammen. Die Frau lächelte meine Kinder an und kicherte: Wenn wir in Urlaub fahren, dann frage ich immer – nur zum Spaß: Sind wir schon da? Das hat Tradition. Jetzt kommt die Oma ja nicht mehr mit.
Warum?, fragte das kleine Mädchen. Die Frau war aber bereits beim alljährlichen Weihnachtsbaumzerstückeln, von dem sie annahm, dass es überall so praktiziert werde wie in ihrer Ursprungsfamilie.
Ich versuchte gegenzuhalten: Meine Tante Barbara hat jedes Jahr zu Weihnachten ihrer ehemaligen Mathematiklehrerin

lange Briefe geschrieben, um ihr Rechenschaft abzulegen über alles, was sie getan hat in diesem Jahr.

Eine schöne Sitte, nickte die Frau.

Allerdings hat sie nie Antwort bekommen. Und schließlich hat sie sich nicht mehr getraut, die Briefe abzuschicken; sie hatte Angst, die alte Dame könnte gestorben sein, und in dem Fall wollte sie die Erben nicht mit ihren Belanglosigkeiten belästigen. So ist dieser Kontakt eingeschlafen, auch wenn die Lehrerin vielleicht heute noch lebt. Tante Barbara schreibt nach wie vor ihre Jahreszusammenfassungen, führt Buch über alle Ereignisse, poliert vielleicht hier ein bisschen auf, schwächt dort etwas ab, denkt sich also im Großen und Ganzen alles nur aus; und deshalb ist es gut, dass ihre Briefe niemanden erreichen. Denn was sollte eine Mathematiklehrerin von so einer notorischen Lügnerin nur halten.

Mir war es immer egal, was meine Lehrer von mir gedacht haben, sagte die Frau und versank in ihre anekdotenreiche Gymnasialzeit.

Aber da ich wieder einmal bei meinen Tanten angekommen war, gab es für mich kein Halten mehr, auch wenn sich die Kinder ebenfalls einzumischen versuchten. Der Junge fragte die Frau: Wo hast du deinen Schulranzen? Es war nicht auszuhalten. Ich versuchte es mit: Wir Großen wollen reden! Mit den Kugelschreibern, die ich ganz unten in meiner Tasche fand, kam ich allerdings weiter. Die Kinder fingen an, den inzwischen völlig mit Kreppband verklebten Tisch anzumalen. Nur der Junge quengelte: Du musst mir sagen, was ich schreiben soll.

Schreib, was du willst, sagte ich.

Aber ich will es richtig schreiben.

Da musste ich passen: Das kann ich selbst nicht.

Du bist doch schon groß. Du kannst lesen.

Aber ich bin nicht deine Mama, sagte ich. Das überzeugte ihn. Ernst malte er seine Buchstaben, so ernst, dass auch die anderen Kinder ganz still wurden. Und ich nutzte es aus, um endlich auf den Unterschied zwischen der Hypochondrie meiner Tante Cecilie und der Hypochondrie meiner Tante Agnes zu sprechen zu kommen. Tante Cecilie mit ihren drolligen Defekten – ihr einziges Problem war ja bekanntlich, dass sie eigentlich kein Problem hatte. Wenn ich an ihren Dachverband Beziehungsunfähiger denke, der in Wirklichkeit eine einzige Partnervermittlungsorganisation war; von den Jahrestreffen kam sie nie allein zurück. Die Frau gegenüber unterbrach mich mit einer Schilderung vom großen Hitzefrei. Als ihr Vater anfing, gegen einen Kunstlehrer zu prozessieren, ließ ich mir das nicht länger bieten und redete wieder los; stellte gegen ihre gnadenlos heitere Regression die wahren Geschichten: Tante Agnes, sagte ich, hat sich erst zu dem Zeitpunkt für Medizin zu interessieren begonnen, als dieser Arzt ihr in die Quere gekommen ist. Sie war ja keine wirkliche Hypochonderin, die ganze Sache hat ihr überhaupt keinen Spaß gemacht, ganz anders als alle Überwachungsspiele zuvor; bis dahin hatte sie schließlich gemeint, ein Faible für Detektive zu haben. Dieser Chirurg hat sie überrumpelt, überwältigt; alles war ein Missverständnis. Prompt ist sie daran gestorben.

Entschuldigung, wirklich, das tut mir leid, Sie haben Sorgen, und ich quassle hier herum, sagte die Frau.

Ach, sagte ich, was sagt man nicht alles, nur um nicht von Liebe zu reden. Tante Agnes' Chirurg war ein erfahrener Chirurg, ein echter Arzt, kein Hochstapler, ganz im Gegenteil; er operierte eigentlich nicht gern. Und sie hatte nie operiert werden wollen, sie hatte sogar Angst davor, große Angst; na ja, vielleicht ein paar Narkosefantasien, das will ich nicht leugnen – und sie dachte, es mache ihn glücklich zu operieren, er meinte, es mache sie glücklich, operiert zu werden – das Übliche eben. Immer dieselbe Geschichte. Am liebsten wäre dieser Chirurg mit Tante Agnes nach Antwerpen gefahren, sie hätten sich im Museum Bilder angesehen; aber er hatte nicht den Mut, ihr das vorzuschlagen. Und sie hatte nicht den Mut, ihn zu fragen, ob sie ihm nicht in Wirklichkeit nur zur Last fiele. Aber schließlich sind meine Tanten schon deshalb meine Tanten, weil sie jeden direkten Weg scheuen. Also ist die Operation zwangsläufig schiefgegangen: er war zu verliebt, um sauber zu operieren; und außerdem wollte er sie eigentlich doch nur loswerden. Manche Leute können einfach nicht glücklich sein. Er brauchte viel Ruhe. Ich hab ja erst bei diesem Eklat auf der Beerdigung mitbekommen –

Das Baby fing an zu schreien. Die ganze Zeit hatte ich bereits Angst gehabt, dass es irgendwann anfangen würde zu fremdeln. Und jetzt war der Moment gekommen, ausgerechnet jetzt, nachdem ich mich an dieses Kind endlich gewöhnt hatte. Ich versuchte ihm zu erklären, dass mich das Schreien störe. Der Junge fing an zu lachen. Das Mädchen zählte die Personen im Wagen und kam auf hundert.

Du bist so doof, rief der Junge. Du hast überhaupt keine Ahnung.

Ja, ja, sagte ich, ist gut. Jetzt sei schon ruhig. Da trat er mich. Du tust mir weh. Und du merkst es nicht einmal.

Doch, sagte er, was denkst du denn.

Wenn du brav bist, darfst du mit auf den Mars, versprach ich ihm. Aber er trat zur Antwort nur eine Delle in den Koffer.

Der Kofferbesitzer bekam das nicht mit. Er schimpfte in sein Mobiltelefon über Punkte, um die er betrogen worden war. Ich wollte ihn von seinem Koffer ablenken und erkundigte mich nach seinem Familienstand, und ob seine Frau etwas dagegen einzuwenden hätte, wenn ich meine Füße auf seine Knie legte. Er sehe mich so einladend an. Er konnte verstehen, dass ich müde war, seine Fußmassage mit einer Hand fiel allerdings halbherzig aus. Möglicherweise war er aus der Übung. Doch als ich das offen ansprach, hörte er gleich auf zu massieren und zog aus einer Jackentasche unter seinem vergipsten Ellenbogen ein zweites Telefon, ein Multifunktionsinternetgerät, setzte sich demonstrativ beide Kopfhörerknöpfe in die Ohren und schaltete das Gerät ein.

Kannst du mir auch was zaubern?, fragte das Mädchen.

Aber er zauberte nur weiter für sich und legte sich nun auch noch – und alles mit einer Hand – die Freisprechanlage des ersten Handys um den Kopf und wählte eine Nummer. Du, sagte er, ich hör da gerade was im Radio, ja, jetzt, es läuft noch, die suchen Leute, Zeugen, die etwas bemerkt haben. Hinweise aus der Bevölkerung, wenn du so willst. Nein, du sollst da nicht anrufen. Nur zuhören. Nein, nein, nur zur Unterhaltung. Oh, und jetzt ist es auch schon vorbei – aber jetzt kommt, ja! Das nächste Hörspiel wird angekündigt, hörst du? *Die Auflösung. Die Auflösung,* wunderbar. Na, da wird dann alles aufgeklärt. Na, alles. Alles! Das ist nur eins aus dieser Minihörspielreihe, die nur aus Ankündigungen bestehen. Alles leere Ankündigungen. Wie der Kurs: *Körpersprache, fließend in vier Lektionen.* Im Radio! Oder, jetzt, jetzt: *Das Schulorchester, Sinfonie der falschen Töne.* Soll angeblich übermorgen laufen, Live-Übertragung – na gut, tut mir leid. Also, ich finde das witzig – aber wenn du – na ja. – Ach, diese Pseudo-Nostalgie-Show, nein, ich sag nichts dagegen, als Imitator dieses Schlagerstars, den es nie gegeben hat, hat er echt sein Ding gefunden; sein eigenes Zeug, ich meine, sein wirklich eigenes Zeug war so aufgeregt selbstverliebt, aber seit er sich in den Dienst eines anderen stellt, hat er zu sich gefunden. Unter seinem richtigen Namen leitet er jetzt ja nur noch den eigenen Fan-Club, und den hat er sich verdient; er ist wirklich besser geworden, seit er sich so zurücknehmen kann. – Oh, und wann fängt das an? Ist es das mit dem Traum von der perfekten Fälschung? Na, dieses Fake über den weltberühmten Künstler, der seine Zeit damit verschwendet, einen mittelmäßigen Kollegen nachzuahmen?

Was dann zu diesen bekannten Verwicklungen um Wertsteigerungen trotz strafrechtlicher Konsequenzen führt – nein? Was denn sonst?
Bei seinen strafrechtlichen Konsequenzen war ich zusammengezuckt, doch das schien niemandem aufzufallen. Der Mann zumindest plauderte ungerührt weiter und verabschiedete sich mit dem Satz: Na ja, manchmal frage ich mich auch, warum sie nicht einfach mal berichten, wie es wirklich war.
Nachdem er sein Handy ausgeschaltet hatte, sah er entspannter aus als zuvor, als habe sein Bekenntnis zum Hörspiel ihn erleichtert. Mit einem charmanten Lächeln wandte er sich an seine Sitznachbarin: Sind Sie auch Radiohörerin?
Doch die arme Frau zuckte nur zusammen und fühlte sich ertappt. Nur zögernd gab sie zu, dass sie zwar auch etwas mit dem Radio verbinde, wenn auch nicht soviel, wie man aus ihrem Zusammenzucken fälschlicherweise schließen könne oder auch müsse – aber eigentlich sei genau das Gegenteil der Fall. Es gebe einige historische Aufnahmen, die ihr zugegebenermaßen in bester Erinnerung seien, von den Großeltern her noch; aber davon müsse sie sich losreißen, das wisse sie, wir hätten es ihr gar nicht so deutlich zu verstehen geben müssen, sie sei ohnehin unterwegs zu ihrem Arzt, eine charismatische Gestalt übrigens; etwas zu charismatisch vielleicht, fügte sie hinzu, doch warum das weiter ausführen, Sie hören doch nicht zu, es interessiert Sie nicht. Und natürlich ist es irrelevant, wenn man es so betrachtet. Sie lassen mir ja nicht einmal meine Erinnerungen!
Dabei hatte ich sie überhaupt nicht fertigmachen wollen; das hätte ich ganz anders angefangen.
Ich will doch nur endlich eine solide Diagnose, rief sie. Von der Gelassenheit ihrer Tante war ihr nichts mehr anzumerken. Und obwohl sie betonte, uns nicht mit ihren Problemen behelligen zu wollen, hätte sie weitergeredet, geklagt, geweint; doch

nun kam eine ältere Dame herein. Sie schimpfte mit einem graugekleideten Mann, der alles abstritt. Nachdem er vor ihr in den nächsten Wagen geflohen war, schnaubte sie, tief und nasal: Man wird sich doch noch verfolgt fühlen dürfen. Das ist ja wohl das Mindeste. Sie zog einen Koffer hinter sich her, in der anderen Hand trug sie eine Handtasche und ein Brett, das sich als zierliche spanische Wand entpuppte. Sie stellte ihr Gepäck im Gang ab und murmelte düster: In Wirklichkeit gibt es Wagen 15 nicht. Ich habe reserviert, aber in Wirklichkeit gibt es Wagen 15 nicht.
Kleinkindabteil!, rief der Junge. Aber sie blieb neben uns stehen und starrte auf den Platz neben mir, auf dem sich drei Kinder aneinanderdrängten. Und sie hörte nicht auf zu starren, so laut wir auch schließlich alle zusammen – nur der Mann mit dem Gips stimmte nicht ein – brüllten: Kleinkindabteil!
Jetzt steht schon auf, sagte die ältere Dame unbeeindruckt zu den Kindern. Zu meiner Verblüffung rutschte Patrick sofort zu Boden, die beiden anderen drängten wieder zu mir herüber. Die Dame setzte sich und stellte ihren Paravant so neben sich auf, dass auch wir zum Gang hin abgeschirmt waren. Entspannt lächelte sie uns an: Sie sind zu freundlich.
Der Mann nickte unverbindlich zurück. Doch die Frau mir gegenüber explodierte: Aber Sie wissen doch gar nichts über mich! Überall dasselbe! Überall dasselbe! Alle Leute, denen ich begegne, sagen mir, wie ich bin. Nur weil sie im Internet recherchiert haben. Sie fragen mich nicht mehr, nein, sie gehen ins Internet, und was da steht, das glauben sie. Ich erwarte nicht, dass sie mich wirklich verstehen. Aber warum können sie mich nicht einfach vergessen. Viermal hab ich mich operieren lassen, doch sie erkennen mich immer noch.
Ich fragte mich, ob ich sie nicht hätte erkennen müssen, mitsamt all ihren Geheimnissen. Doch meinen prüfenden Blick verstand sie falsch. Halbherzig lächelte sie zurück: Ich sag

nichts gegen Sie, ich will ja auch Kinder, aber mein Therapeut meint, ich sei noch nicht so weit. Er ist schwerhörig. Das macht es nicht leichter, sagte sie entschuldigend und hätte sich gern noch weiter entschuldigt. Aber die Kinder hinderten sie daran. Sie kletterten inzwischen auf dem Tisch herum, so dass der Mann seinen Gipsarm immer höher strecken musste, um ihnen auszuweichen. Dabei wollten sie ihn gar nicht stören, sondern nur die Frau vom Reden abhalten. Und auch mir hielten sie den Mund zu, gerade als ich angesetzt hatte, der älteren Dame von meinen Tanten zu erzählen. Der Junge wedelte mit den Händen durch die Luft und flüsterte verheißungsvoll in die Runde: Wisst ihr, warum wir unterwegs sind?

Ich begann zu schwitzen. Das Baby schien schwerer zu werden; meine schräg ausgestreckten Beine gestalteten meine Lage nicht bequemer.

Der Mann mit dem Gips und die ältere Frau begannen zu raten: ans Meer, zu den Großeltern, nach Disneyworld, zu einem Casting – ins Kinderheim?, warf die jüngere Frau ein, kaum dass sie ihre Kiefer wieder bewegen konnte, ins Internat? – die anderen ignorierten sie und schlugen weiter vor: zu einem Juniorprogrammierwettbewerb, in die Ferien, Ferien auf dem Bauernhof, im Ferienlager, in Antwerpen, in der Karibik, im Internet, in der Steinzeit, im alten Rom oder in der Zukunft? Doch der Junge schien sich für seine Frage selbst schon nicht mehr zu interessieren. Je mehr Vorschläge auf ihn einprasselten, desto weniger war er bereit, auch nur mit einer einzigen Silbe darauf zu antworten. Ein paarmal schüttelte er noch den Kopf. Dann ging er auf dem Tisch in die Hocke, seinen Kugelschreiber in der Hand, und konzentrierte sich, als sei nichts gewesen, wieder auf seine Buchstaben. Es war unglaublich. Da hatte ich vier kleine Kinder entführt, hier saßen sie in ihren Schlafanzügen, und niemandem fiel etwas auf; wir redeten und redeten und redeten, als wäre nichts passiert.

Die ganze Situation kam mir unwirklich vor. Selbst die Kinder benahmen sich nicht anders als sonst. Statt seine Stimme zu erheben, statt sich zu wehren, statt endlich zu sagen, was hier eigentlich passierte, malte dieser Junge sorgfältig Striche und Bögen auf den unter all den Schichten bekritzelten hellgelben Kreppklebebands immer mumienähnlicheren Tisch.

Die Dame lächelte: Schreibst du da die Antwort hin? Oder schreibst du etwas über mich?

Das geht doch gar nicht. Bist du blöd.

Ich kann dir aber was erzählen, sagte sie.

Das könnte ich auch, begann die andere Frau vorsichtig, doch die ältere brauchte nur zwei Blicke, um sich durchzusetzen. Weißt du, ich bin ständig unterwegs. Im Zug, begann sie. Mir wisperte sie zu: Das lieben sie. Wahre Geschichten! Kinder haben dafür ein ganz anderes Verständnis, vorurteilsfrei, wie sie sind, ganz bei sich und offen für das Fremde. Erst in der Pubertät werden sie zu Spießern. Aber die Kleinen, mit ihrem Gespür für das einfache Leben, fürs Abenteuer, für ursprüngliches Nomadentum; ach ja, Kinder sorgen für ein Korrektiv, in dieser Welt, in der nur Zahlen zählen.

Laut sagte sie: Ja, das wird dich interessieren. Ich bin ständig auf großer Fahrt. Ab und zu steige ich aus, aber spätestens mit dem letzten Nachtzug fahre ich weiter. Ich habe keine Wohnung. Aber eine Jahreskarte für das gesamte Netz. Ich wohne hier. Oder im nächsten Wagen. Oder in einem anderen Zug. Wo ich will. Dabei ist es mir egal, wohin die Züge fahren.

Ich habe einen engen Freund auf Reisen verloren, versuchte ich einzuflechten, einen sehr engen Freund, aber sie fuhr fort: Fahrpläne interessieren mich nicht. Ich bin spontan. Allerdings achte ich darauf, dass ich möglichst nicht an Endbahnhöfen aussteige. Man muss in Bewegung bleiben. Kurz vorm Ziel, wenn die Wagen leerer werden – sofern es sich um eine kleinere Stadt handelt – oder voller – wenn es in eine

Großstadt geht; kurz vorm Ziel steige ich aus. Und seh zu, wie ich weiterkomme. Verspätungen kenne ich nicht. Viele meiner Besucher langweilen mich mit diesem Thema. Obwohl ich es mag, dass viele Menschen bei mir hereinschauen.
Ja, so viele Voyeure gibt es nicht, fiel ich ein, wer beachtet werden will, muss sich in die Öffentlichkeit wagen und kann froh sein, wenn sich dort ein paar finden.
Die Dame zuckte die Achseln: Es gefällt mir einfach. Die einzige Art zu leben.
Aber nun kam ich in Fahrt: Genauso hätten meine Tanten auch geredet, wenn sie jemals verreist wären.
Tanten? Natürlich hatte auch sie kein Interesse an meinen Tanten, aber unser Gespräch musste in Gang bleiben. Bisher hörten uns alle zu. Der Mann hielt sogar die Augen geschlossen, um sich nicht ablenken zu lassen; die jüngere Frau hatte zwar nach ihrem Buch gegriffen und tat so, als sei sie in ihre Lektüre vertieft; doch in Wirklichkeit lauerte sie nur auf unsere nächste Gesprächspause. Aber auf die sollte sie lange warten.
Oh ja, Tanten. Auch öffentlichkeitsferne Menschen haben Imageprobleme, dozierte ich. Wobei die Öffentlichkeit natürlich keineswegs nur etwas für Leute ist, die bewusst hineingehen, so wie man in ein virtuelles Parallelleben startet, mit einem neuen Namen, einer markanten Figur und klaren Eigenschaften ausgestattet, und nichts kann dir etwas anhaben, nein, nein, so funktioniert das nicht; die Öffentlichkeit ist kein Spiel, die Öffentlichkeit ist mitten unter uns. Und Aufsehen erregen in aller Unauffälligkeit, darin sind meine Tanten großartig. Im ersten Zug bereits hätten sie laut das Reisen zu ihrer Existenzform erklärt. Und wenn sie nur von Mainz nach Mannheim gefahren wären.
Wie schreibt man das?, fragte der Junge.
Schau aus dem Fenster, sagte ich.
Hey, rief er und riß dem Baby die Rolle Malerkreppband, die

es seit einiger Zeit in der Hand hielt, weg. Das brauch ich! Das darf er nicht! Das gehört mir! Mama! Er war nicht zu beruhigen, aber möglicherweise lag ihm nur daran, der Schaffnerin, die in diesem Moment vorbeikam, ein überzeugendes Kleinkind zu bieten.

Die anderen Kinder gaben ebenfalls ihr Bestes, sie liefen im Gang hin und her und krakeelten. Die Schaffnerin stellte ihnen bunte Fahrscheine aus, mir hinter unserer Stellwand gönnte sie nur ein zerstreutes: Wie bitte? Aber als ich zum fünften Mal, und zum erstenmal laut genug, dass es bei all dem Krach aus den Kehlen der anderen wenigstens meine Ohren erreichen konnte, brüllte: Ich fahre schwarz! – da war sie bereits weitergegangen. Ich habe wirklich keine Fahrkarte, erklärte ich meinen Mitreisenden, so laut ich konnte, denn ich wollte der Schaffnerin eine Chance geben, mich durch die Wagentür, die sie offengelassen hatte, doch noch zu hören. Aber sie drehte sich nicht um.

Dafür hatte der Mann inzwischen die Augen geöffnet und die Beulen und Dellen in seinem neuen Koffer bemerkt. Seufzend fragte er mich, ob ich wüsste, wer das gewesen sei.

Ja, als Mutter habe ich schließlich nichts als Vorwürfe zu erwarten, so kokettierte ich und streichelte ein paar Haarschöpfe auf und unter dem Tisch, aber können wir nicht über etwas anderes reden. Seit ich diese Kinder habe, gibt es für die Leute kein anderes Thema mehr auf der Welt.

Daraufhin krempelte er seine Hose hoch und zeigte sein operiertes Knie.

Das ist nichts, sagte der kleine Junge, ich kann schon schreiben. Aber ein minimales Interesse an der Show war ihm dennoch anzumerken, das muss ich einräumen. Denn er war wieder ruhig geworden. Das Mädchen hielt sein eigenes Knie dagegen und verlangte ein Pflaster. Aber niemand hatte ein Pflaster. Da schrie es nach seiner Mama. Es überbrüllte uns alle, es schrie durchdringend, erbärmlich nach seiner Mutter. Ich wollte unseren Mitreisenden erklären, dass wir alle nur unter Reisekrankheit litten. Mir sei auch schlecht. Doch so schlecht mir auch war, mir blieb nichts anderes übrig, als dem Mädchen für die Zukunft viel Schokolade zu versprechen und ihm hilflos zuzuflüstern: Du willst nicht zu deiner Mutter, das stimmt doch gar nicht, du bist nicht wirklich hier, wir sind nicht hier, in Wirklichkeit bist du bei deiner Mutter und warst nie fort von ihr, und ich sitze ruhig und entspannt allein bei einem guten Essen in meiner sicheren warmen Wohnung; das ist nur eine Geschichte, das stimmt doch alles nicht.

Es weinte umso mehr. Der Junge kramte seine Traubenzuckerbonbons aus der Jackentasche; doch das Mädchen warf sie ihm zurück, an den Kopf. Schluchzend bot er sie – zu Patricks Enttäuschung – der Frau mit dem Buch an und konnte so wenigstens sie trösten. Leider musste sie gleich an Weihnachten denken und von ihrem Onkel Ferdinand erzählen. Und das Mädchen schrie. Der Mann zeigte immer wieder sein Knie und seinen Gips, die Dame erzählte von ihren Reisen und erwog, dem Mädchen zu gestatten, sich auf ihren fragilen Paravent zu setzen – doch das Mädchen schrie nach seiner Mutter.

Wer nun kam, mitten zwischen zwei Stationen, war zwar nur die unvermeidliche Tante Daniela. Doch sie brachte Pflaster mit. Und belegte Brote und Getränke und Schokolade. Und Windeln.

Patrick bedankte sich. Er hielt sich bei der Schokolade zurück, aß aber von allem anderen umso mehr. Das Baby war mit frischer Windel wie ausgewechselt, und die anderen Kinder freuten sich über ihre Getränke fast so sehr wie darüber, Tante Daniela wiederzusehen. Ja, ja, sagte ich zu ihr, das ist doch alles nicht so schlimm – ein bisschen so wie mit Klassenkameraden. Da reist man bis ans Ende der Welt, um ihnen zu entkommen;

aber wenn man ihnen schließlich begegnet, verläuft es meistens angenehm und nett.

Sie nickte flüchtig. *A reality tour* stand auf ihrem T-Shirt.

Aber sagen Sie, warum verfolgen Sie mich?, fragte ich beiläufig. Dasselbe wollte ich Sie auch schon fragen, antwortete sie nur.

Nein, im Ernst. Welche Klassenkameradin hat Sie mir auf den Hals gehetzt?

Fragen Sie nicht, riet sie mir. Und um nicht mehr mit mir reden zu müssen, improvisierte sie hinter und über der spanischen Wand ein Puppentheater mit einer kleinen Holzfigur und ein paar um Löffel und Gabeln gewickelten Papierservietten. Als die Hauptfigur zum erstenmal auftrat, schrie der Junge: Das bin ich. Patrick begnügte sich mit einer Nebenrolle, und das Mädchen war ein Mädchen. Gebannt verfolgten sie das improvisierte Spektakel, und auch ich war fasziniert, mit was für anspruchslosen Mitteln Tante Daniela die Kinder so ganz auf ihre Seite ziehen konnte. Und immer mehr erwachsene Mitreisende versammelten sich rund um unsere Sitzgruppe. Selbstverständlich hätte ich so ein Kinderstück noch ganz anders präsentiert; sie setzte nur ihre primitiven Puppen und ihre Stimme ein; kein Bühnenbild, keine Lichteffekte, nicht einmal Musik.

Zum Glück fiel mir die Blockflöte ein, die ich in Köln zwar nur deshalb gekauft hatte, weil sie im Sonderangebot gewesen war; dafür allerdings gleich sechs Stück, womit ich riskierte, für eine Blockflötenlehrerin gehalten zu werden. Aber man muss solche Chancen ergreifen, man weiß nie, wie viele Blockflöten man noch brauchen kann. Jetzt zog ich die erste aus meiner Strandtasche und blies hinein. Eigentlich hatte ich Tante Danielas Stück nur musikalisch unterstützen wollen, aber wenn ich schon einmal flötete, dann konnte ich auch richtig flöten. Ich blies und blies und überblies, bis alle mich anstarrten – und als mir das zuviel wurde, holte ich die anderen Blockflöten aus meiner Tasche, drückte jedem Kind eine Flöte in die Hand und bot die letzten beiden den Umstehenden an. Niemand griff zu. Auch die Kinder ließen sich nicht einmal die einfachsten Melodien erklären, nur die jüngere Frau klatschte laut, mit ausladenden Armen und wiegenden Hüften, zu meinem unregelmäßigen Rhythmus. Doch es reichte, um das Theater zu sprengen.

So können wir nicht weitermachen, sagte Tante Daniela. Tut mir leid.

Ich entschuldigte mich nicht. Die Kinder nahmen es ohnehin nicht schwer. Ich weiß sowieso: am Ende wird er ein richtiger Junge, rief mein besserwisserischer Junge. Und Tante Daniela machte ihm zuliebe ein zuversichtliches Gesicht.

Sei froh, dass du das alles nicht verstehen musst, sagte ich zum Baby und sammelte meine Flöten wieder ein. Das Baby gluckste. Es lachte. Es rülpste. Ich kann verstehen, was er sagt, behauptete der Junge.

Nein, das kann man nicht, sagte ich. Und Tante Daniela sagte: Das ist das Schöne.

Einen Moment lang hörten wir dem Baby zu, dann konnten wir es nicht lassen, wieder Worte zu machen. In meinen Hörspielen, sagte ich, bin ich nie aufs Ganze gegangen. Immer hatte alles noch etwas zu bedeuten.

Und dann hat man den Salat, wusste der Junge, und Tante Daniela sah so aus, als wolle sie doch mit mir reden.

Ich musste weg. Ich musste raus hier, ich musste nach Antwerpen, ich musste einfach nur weg. Und dieser Meinung schien nun auch Tante Daniela zu sein. Der Zug hielt schon seit einigen Minuten in einem Bahnhof, aber erst als zwei dunkel gekleidete Männer auffällig unauffällig den Gang entlang kamen, sprang sie von ihrem Sitz auf. Stuttgart, rief sie, Stuttgart! Da müssen wir doch raus. Jede von uns schnappte sich zwei

Kinder und was an Gepäck gerade greifbar war; so stürmten wir aus dem Zug.
Aber noch auf dem Bahnhofsgelände ließ Tante Daniela mich mit den Kindern wieder allein. In einiger Entfernung sah ich sie telefonieren, erst nach einer verdächtig langen Weile kehrte sie zurück.
Wir müssen nach Bonn, rief ich ihr zu, wir müssen zurück nach Bonn. Die Kinder brauchen ihre Mutter.
Sie müssen sich ausruhen, müde und überdreht, wie sie sind, sagte sie, mit seltsam verschleiertem Blick, oder bildete ich mir den nur ein, ich habe ein Hotelzimmer reserviert, hier in Stuttgart.
Ich suchte ein Taxi, aber alle Taxis, die ich anhielt, hatten nicht ausreichend Kindersitze dabei und wollten nichts riskieren.
Eigentlich geht es zum Hotel nur ein Stück bergauf, sagte Tante Daniela. Leicht zu finden. Sie musste es wissen, tüchtig wie sie war, für ihr Alter. Doch Stuttgart brachte sie an ihre Grenzen. Wir zerrten die Kinder Treppen hoch und wieder hinunter, in Sackgassen und Privatwege, und als Tante Daniela ihrem Stadtplan und ihrem Orientierungssinn gar nicht mehr glaubte, fragte sie Passanten nach der Adresse.
Was wollen Sie da?, lautete die Gegenfrage.
Sie sah so überrumpelt aus, dass ich nicht anders konnte, als sie zu trösten: So geht es mir auch, jedesmal, wenn ich denke, ich brauchte keinen Vorwand, kommt die Welt mit ihren Fragen und irgendjemand nimmt mich ins Kreuzverhör, so unerbittlich, dass ich mich in den Monaten darauf nur mit doppelter Begründung auf die Straße traue. Dabei bin ich doch vorsichtig. Aber es reicht nie aus.
Sie lernte allerdings schnell. Als der nächste Stuttgarter sie fragte, was sie in der Straße wolle, die sie suchte, antwortete sie sofort: Nur ein Vorstellungsgespräch.
Er sah sie interessiert an. Und da nehmen Sie alle Kinder mit?

Und die Mama?
Ja, sagte sie, ich brauche mich nicht zu verstecken. Und meine Mama auch nicht.
Zwei Ecken weiter gab sie an, zu einem Blind Date unterwegs zu sein. Fast schon meisterhaft stotterte sie herum, bis sie sich das entlocken ließ.
Oh, und da nehmen Sie die alle mit? Mutig, mutig, lachten die beiden Stuttgarterinnen, die sie diesmal gefragt hatten. Diese Frauen schickten uns wenigstens in die richtige Richtung.
Doch sie musste noch einmal fragen. Sie wollte wieder auf ihr Vorstellungsgespräch zurückkommen, aber diesmal brüllten gleich die Kinder: Sie nimmt uns mit!
Als wir das Hotel schließlich fanden, torkelten die Kleinen vor Müdigkeit. Am Ende war es doch praktisch gewesen, sie in ihren Pyjamas zu lassen. Allerdings hatte Tante Daniela sogar Zahnbürsten dabei und bestand darauf, dass sie benutzt wurden.
Der Junge erklärte, dass seine Schwester für die Nacht noch eine Windel bekomme. Das Mädchen aber war schon groß, es wehrte sich gegen die Windel, bis Patrick sagte: Ich nehme gern eine Windel. Da rief es: Ich auch.
Das hast du gut gemacht, sagte ich zu Patrick. Es dauerte etwas, bis ich begriff, dass er wirklich eine Windel wollte; schließlich merkte ich, wie dringend er eine brauchte.
Der Junge war so müde, dass er nicht einmal mehr schreiben konnte. Nur an meinem kleinen Aufnahmegerät, das ich zufällig gerade herausgeholt hatte, als das Mädchen mir auftrug zu beobachten, wie im Schlaf ihre Füße wüchsen, zeigte er Interesse. Genau konnte ich ihm die einzelnen Funktionen aber nicht erklären. Also sagte ich nur: Das ist eine Art Spiel.
Wie viele Ebenen gibt es?, fragte der Junge.
Das weiß ich nicht. Irgendwann kapituliere ich immer.
Ich nicht!, sagte er.

Der Hund, rief ich, jetzt haben wir den Hund im Zug vergessen. Der Junge winkte lässig ab. Der war doch nur erfunden, sagte er. Und überhaupt ist das kein Hund. Das ist ein Drache. Der hätte nur Ärger gemacht. Die wachsen sehr schnell.

Ein Drache! Wir sind doch hier nicht im Kinderbuch. Und so ließ ich ihn fliegen, wo auch immer er sich inzwischen befand, und schickte die Kinder ins Bett. Sie gingen allerdings erst, als Tante Daniela sie noch einmal schickte.

Das Mädchen redete noch eine Weile vor sich hin: einunddreißig, zweiunddreißig, vierunddreißig, dreiunddreißig, einunddreißig, zweiunddreißig, dreiunddreißig, dreiunddreißig, vierunddreißig, vierunddreißig, einunddreißig, zweiunddreißig. Danach kletterte sie noch einmal aus ihrem Bett, umklammerte meinen Kopf, um mich zu erwürgen, wie ich dachte; dann merkte ich, dass sie nur die beste Position suchte, um mir etwas ins Ohr zu flüstern: Ich hab gebetet. Sie fügte hinzu: Ich hab nach dem Zähneputzen noch was gegessen.

Natürlich. Ich konnte es riechen. Kekse. Mit Schokolade.

Ich hab's nicht gesehen, flüsterte ich zurück; aber nur, weil ich sie nicht noch einmal beim Zähneputzen beaufsichtigen wollte.

Ich auch nicht, murmelte sie erleichtert und kroch ins Bett zurück.

Die beiden Jungen sangen ein Kindergartenlied, das ich bisher nur von Besoffenen in Bahnhofsvierteln gehört hatte. Ich war müde. Warum schlaft ihr nicht, sagte ich. Kinder brauchen doch Schlaf.

Du musst das richtig sagen, sagte der Junge.

Doch das nahm mir Tante Daniela ab, und sie sang den Kindern einen Song von den Pretenders vor. Schließlich erklärte sie: Wenn ihr geschlafen habt, dann fahren wir zur Mama. Dabei sah sie mich nicht an. Auch die Kinder nicht. Aber die schliefen ruhig ein.

Ich hätte heulen können. Aus Erschöpfung. Müdigkeit. Hunger. Hormone. Ich weine immer nur aus Schlafmangel oder im Kino. Gerade wenn ich am heftigsten weine, bin ich einfach nur müde. Dabei war es noch nicht spät.
Sie sollten an die Bar gehen, murmelte Tante Daniela. Ich passe auf die Kinder auf. Und sie konterte meinen misstrauischen Blick mit soviel Unschuld, dass ich mich noch unbehaglicher fühlte. Nur um nicht den Abend gemeinsam mit ihr zu verbringen, probierte ich meine Beine aus; sie arbeiteten problemlos. Dennoch war ich mir nicht wirklich sicher, ob ich nicht träumte, als ich nun langsam zur Hotelbar hinunterstieg.
Im Flur lag ein Hörspielprogramm für die kommenden Monate, ich blätterte es flüchtig durch. *Das Schulorchester – Sinfonie der falschen Töne* war angestrichen. Das Live-Hörspiel.
Es war noch früh am Abend, die Bar hatte gerade erst geöffnet. Im Fernsehen wurden die Gag Girls wieder einmal nicht müde darauf hinzuweisen, dass sie in Wirklichkeit magersüchtig und abhängig von Antidepressiva seien. Ich sah mich um, ob es jemanden stören könnte, wenn ich den Apparat ausschaltete. Doch da saß nur ein Mann. Er blickte mir entgegen, als hätte er mich erwartet. Im ersten Moment glaubte ich, meinen verschollenen Freund zu erkennen. Doch es war nur der Obdachlosenzeitungsverkäufer, ungewohnt gepflegt, wenn auch grau wie immer gekleidet.
Wohnst du hier auch?, fragte ich resignierend.
Er strahlte: Schön dich zu sehen. Setz dich, mach's dir bequem. Ja, dann reden wir. Gesprächstraining kann ich immer gebrauchen. Gerade mit Leuten, die wirklich was geworden sind. Dann entdeckte er den Rekorder, der aus meiner Tasche hervorlugte. Oh, aber wenn du ein Interview willst –?
Das ist nur ein Radiogerät, behauptete ich.
Was solltest du auch von mir wollen; na ja, immerhin hab ich meine Street Credibility. Und damit bin ich nicht schlecht im

Geschäft. Sein Grinsen gefiel mir nicht. Und? Wie läuft's bei dir?
Gut, gut, sehr gut, stotterte ich. Doch er wusste ohnehin alles über mich, und so räumte ich ein: Natürlich, Angst vorm Neid der Götter; na ja, irgendwann wird einem das ja selbst unheimlich.
Um was für einen Erfolg machst du da eigentlich so ein Geheimnis, fragte er. Entweder man lebt sein Leben, oder man lebt es nicht. Ist doch so. *It is as easy as lying* stand auf seinem Hemd. Also, was ist los? Mir kannst du's doch sagen.
Hast du denn nicht alles mitbekommen?, fragte ich ihn fassungslos. Moment, Moment, sagte er. Ich bin hier nicht der Detektiv.
Aber du arbeitest mit ihm zusammen, rief ich, und tief im Innern hoffte ich, hoffte ich trotz allem, er würde mir widersprechen. Aber er zuckte nur die Achseln. Ihr steckt doch alle unter einer Decke!, sagte ich.
Moment, Moment, Moment, sagte er gemütlich. Du – niemand anders als du – hast mich nach Informationen gefragt. Und mit mir kann man's ja machen: mich ausforschen, auspressen, auf die halbe Klasse ansetzen, nur damit alle kuschen, und mich dabei lausig bezahlen und mir nicht einmal sagen, wozu.
Für ein Hörspiel, das stand von Anfang an fest. Und inzwischen sind die Informationen dazu längst in der Welt. Und das weißt du. Hätte ich dir eine persönliche Einladung schicken sollen? Aber wann und wo das stattfinden soll und wer letztendlich alles kommt, das brauchst du nicht zu wissen. Du warst nicht in meiner Klasse. Du musst nicht kommen – und ich kann dir sagen, es gibt Klassenkameraden, die beneiden dich darum. Die hatten schon Probleme, sich Instrumente zu besorgen. Jetzt komm nicht auch du noch mit deiner Kleinlichkeit. Wenn man so ein großes Projekt gegen alle Widerstände durchzusetzen versucht, dann fallen Späne.

Nein. nein, nein. dieses Schulorchester, das interessiert mich nicht. Ich will nur wissen, worum es eigentlich geht.
Er stellte sich blöd. Ich wusste, dass das nur ein Trick war, um mich bloßzustellen. Ich explodierte: Dafür hast du mich durch halb Deutschland verfolgt? Nur um mich das zu fragen? Tu doch nicht so! Du weißt längst alles, ihr wisst doch alles über mich! Du willst mich nur dazu bringen, diese Peinlichkeiten auch noch auszusprechen.
Also?
Natürlich dreht sich alles um die wahre Liebe. Worum auch sonst! Trockener fügte ich hinzu: Ich weiß schon, dass all diese sentimentalen Geschichten nichts mit der Realität zu tun haben. Aber dennoch und erst recht! Und nachdem ich erst einmal in Fahrt war, verlor ich nun alle Hemmungen: Dass der Mann meines Lebens eines Tages vor meiner Tür stand, hat mich nicht mal überrascht – schließlich beziehen viele Leute das, was sie in den Medien hören, auf sich und verstehen ohnehin alles falsch; also, ja, ich hatte durchaus damit gerechnet, dass irgendjemand ankommen würde, bei der Einschaltquote meiner *Suchmeldung*. Aber er war es. Dabei hatte ich ihn so speziell idealisiert, dass es ihn eigentlich nicht geben konnte.
Schön, sagte er, Gratulation. Na, dann sei glücklich damit, wie du es dir eingerichtet hast.
Ich schnaubte. Schlimm genug, mich mit der Ausgeburt meiner eigenen Fantasie herumschlagen zu müssen – es ist eben doch nichts perfekt, was wir uns erträumen, gerade die Wunschträume haben ihre Tücken, diese Entwürfe sind nie wirklich durchdacht – bei Wunschträumen wird man leicht nachlässig, rief ich, weil sie sich doch nie erfüllen, man erwartet es gar nicht; wovon du sicher ein Liedchen singen könntest – darfst du aber nicht, denn mein Gebiet ist nun mal der erfüllte Wunschtraum; und auch Minderheitenprobleme verdienen Aufmerksamkeit. Dass er in Wirklichkeit nur ein

aufdringlicher, wenn auch wenig bewanderter Hörspielfan war, der mein Radiokunstwerk als simple Partnersuchsendung gehört hatte; geschenkt. Selbst zu akzeptieren, dass das, was ich da produziert und für ein Radiokunstwerk gehalten hatte, selbstverständlich nichts als eine Kontaktanzeige gewesen war: Kleinigkeit. Dass er eigentlich, wie ich nebenbei auf der Beerdigung meiner Tante Agnes mitbekommen habe, ein Privatdetektiv war, den meine agentenaffine Tante mir auf den Hals gehetzt hatte – nun ja, das hat mich schon verärgert; ich habe das meiner Tante übelgenommen – obwohl sie mir ja nur einen Gefallen hatte tun wollen, nichts als einen Gefallen; schließlich hat sie auch Detektive auf sich selbst angesetzt und die Beachtung genossen, die die ihr schenkten. Ja, sie hat ihn bezahlt, meinen Mann, er hat Geld genommen und sogar noch mehr Geld verlangt für seine Beziehungsarbeit und die eine oder andere Information – aber das beschäftigt mich nicht mehr, sie ist tot, und er ist fort. und alles war nichts als eine charmante Anekdote der Hörspielgeschichte. Also nicht dass ich auch nur einen Moment geglaubt hätte, dass so die große Liebe aussieht. Ich habe überhaupt nie die große Liebe erwartet. Und auch von der Zusammenarbeit mit ihm habe ich mir nie ernsthaft etwas versprochen. Nicht dass du glaubst, dass ich auch nur einen Moment lang daran geglaubt hätte!

Er schüttelte nur den Kopf: Wem musst du etwas beweisen?

Mir, sagte ich entschieden, nur mir. Es geht mir eigentlich immer ausschließlich um Erkenntnisgewinn. Zum Beweis kam ich nicht umhin, ihm von meiner Studie zu erzählen, meine Studie zu einer bekannteren Episode der Hörspielgeschichte: Ich plane ein Sachbuch, sagte ich, selbstverständlich ein Sachbuch; das ist es doch, was die Menschen lesen wollen. Ein Sachbuch über die Frage, ob damals, nach der Ursendung von Orson Welles' Hörspiel *The War of the Worlds,* eine Massenpanik ausgebrochen ist oder nicht. Gerüchte gibt es viele, aber

kaum noch lebende Zeitzeugen. Die meisten habe ich bereits befragt, oh ja, Recherchieren, das habe ich gelernt, inzwischen kann ich jede Information aus jedem herauspressen; was sie nur leider nicht wertvoller macht, die Informationen und die Menschen – vor allem, wenn es um eine so lang zurückliegende Geschichte einer Suggestion geht, einer echten Suggestion oder einer suggerierten Suggestion; denn die Unstimmigkeiten in diesem Fall verdanken sich bekanntlich vor allem den ausführlichen Warnungen, die Orson Welles selbst verbreitet hat. Er hat die Öffentlichkeit derart nachdrücklich davor gewarnt, Fiktion und Realität zu verwechseln und in Panik zu verfallen, dass das Publikum, Presse, Rundfunk und sogar einige Wissenschaftler bestens vorbereitet waren auf eine Panik.
Er gähnte: Schön. Gibt es eine Frage, die irrelevanter wäre?
Aber ich will es wissen. Ich hungere nach Fakten!
Hast du schon mal versucht, einfach weniger Hörspiele zu hören und dich dafür der Realität zuzuwenden?, fragte er.
Ja, die sogenannte Realität – um die geht es mir doch gerade! Allerdings, räumte ich ein, habe ich diese ganze Studie tatsächlich aus einer gewissen Hörspielmacher-Eitelkeit heraus begonnen. Also eigentlich aus einem Hörspielmacher-Minderwertigkeitsgefühl, um mich selbst und die Welt von der Wirkungsmacht des Hörspiels zu überzeugen. Wir müssen uns doch ständig rechtfertigen. Gerade weil das Hörspiel von Quotendiskussionen weitgehend verschont bleibt, steht es unter dem Druck, sich auf anderem Weg zu legitimieren.
Er schüttelte nur noch den Kopf. Dass du dich mit so einer Frage verrückt machst; sieh's mal pragmatisch. Diese Studie wird nie fertig werden. Wahrscheinlich kommst du über die Recherchemethodendiskussion nicht hinaus. Und dabei hast du ganz andere Möglichkeiten. Hörspiel ist ein tolles Medium, da kannst du den Leuten alles erzählen; mit geringem Aufwand.

Ich schluckte: Ja, du kannst die Leute empören mit einem Feature über angebliche Manipulationen von Buckelwalgesängen zu Meditationszwecken – eine Sendung spät nachts im Kulturprogramm, mit zahlreichen Klangbeispielen, die ein feines Ohr für bearbeitete und unbearbeitete Klänge verlangen; aber sie fühlen sich getroffen und beschweren sich. So ist es. Das ist die Wirklichkeit. Und das verführt, sagte ich ernst. Du kannst wirklich alles verbreiten. Und auf einmal hast du etwas gesagt. Du denkst dir Figuren aus, die es nicht gibt und nie gegeben hat, und lässt die auch noch fantasieren. Und dann sind sie da. Du wirst sie nicht mehr los. Selbst wenn du sie sterben lässt. Oder du siehst eine Tuba, das heißt, in Wirklichkeit siehst du sie nicht, nur einen angeblichen Tubakasten, und daraus entsteht ein ganzes Orchester; aber ich will das nicht mehr. Ich höre auf. Ich konzentriere mich auf meine Studie, und danach mache ich nur noch ars acustica. Aber radikal. Ohne Worte oder mit Wörtern als reinem Klangmaterial. Ohne irgendetwas zu behaupten, was im selben Moment schon nicht mehr wahr ist. Gar nicht wahr sein kann.

Er unterbrach mich: Ich habe das alles doch auch gelesen. Virtualität, Hyperrealität, was du willst. Da löst sich erst mal die Welt auf; kenn ich, kenn ich. Und gleichzeitig wissen wir doch, dass das letztlich Theorie ist. Oder würden wir ernsthaft bezweifeln, dass wir hier gemeinsam sitzen? Wenn der Boden unter uns wegbricht, dann hat das nichts damit zu tun, dass es ihn eigentlich nicht gibt, sondern es liegt an real existierender Architektur oder an einem höchst wirklichen Erdbeben – das wissen wir doch.

Ja, rief ich, und was wir da wissen, das muss man nur noch an einigen Daten festmachen!

Das überging er: Was auch immer wir uns einbilden – wir sind in der Wirklichkeit zu Hause, viel zu gut zu Hause, sonst würden wir uns diese amüsanten Spielchen zur potentiellen

Abschaffung der Wirklichkeit psychisch gar nicht leisten können. Selbst mit unserer Entfremdung kommen wir besser klar, als wir uns eingestehen; wir genießen sie doch, die kleinen Irritationen, die daraus zu schlagen sind. Und ich sage: es gibt nichts, was authentischer wäre. Ein solche Haltung mag bequem sein und bürgerlich, aber letztlich ist es das, was sich immer noch durchgesetzt hat. Ich gebe es zu, ganz offen: Auch meine persönlichen Lebensstilexperimente kennen Grenzen. Der Werbeprospekt, den er mir nun zuschob, wies ihn als Geschäftsführer einer Extremerlebnisgesellschaft mit beschränkter Haftung aus. Selbstverständlich führe ich ein Doppelleben, sagte er, meine dunkle Seite muss ja auch zum Tragen kommen; außerdem brauche ich den Zweitjob. So heiter sind die Zeiten nicht mehr. Und ohne weitere Überleitung kam er auf seine Nahtoderfahrungen zu sprechen: Der Kick, der zeigt uns, worauf es wirklich ankommt.
Ach, sagte ich, aber was diesen Punkt betrifft, haben wir doch alle eine Vorstellung davon. Viel zu konkrete Vorstellungen sogar. Was die Leute sich da vormachen, bleibt innerhalb eines so fantasielos kleinen Rahmens immergleicher Illusionen –
Streng sah er mich an: Mit diesen Spitzfindigkeiten kannst du niemandem kommen, der bei mir am Seil hängt oder gerade halb ertrinkt. In diesen Situationen stellt man sich solche Fragen nicht. Da weiß man, was Sache ist. Mir kommt es auf die wirklich letzten Dinge an. Und die erschließen sich nur aus Erfahrung.
Das war das Wort. Dem musste ich nachgehen. Doch er fuhr bereits fort: Aber natürlich will niemand seine Gesundheit ruinieren. Und wozu auch wirklich hungern, wenn man fasten kann? Wozu bis ganz nach unten fallen, wenn man aufgefangen werden kann? Wer sehnt sich schon wirklich nach dem wahren Leben? Alles unnötige Gefahren, unnötiges Risiko. Man muss doch wissen, wie man aufs Ganze geht, um es

letztendlich zu vermeiden, dass man wirklich aufs Ganze geht. Also, nenn es Ersatz. Nenn es Sport. Aber es funktioniert.
Nichts gegen dein Geschäftsmodell, sagte ich. Ich liebe Simulationen. Aber meine Sehnsucht nach der wirklich wirklichen Welt wird dadurch nur gesteigert. Es muss sie doch geben, jenseits von Übereinkünften. Und selbst wenn es nur Übereinkünfte gibt und nichts dahinter; dann suchen wir sie eben in den Übereinkünften, zwischen den Übereinkünften. Mit allen Mitteln und Methoden!
Er lachte verächtlich.
Ich fauchte: Es treibt mich nun mal um. Obsessiv. Ich will es wissen. Ich muss es wissen. Bilde ich mir zumindest ein. Tja, Zwang ist Zwang. Vor lauter Nervosität lachte ich gekünstelt und spielte an meinem Radio herum. Denn schließlich wusste ich, wie lächerlich ich mich damit machte, dass ausgerechnet ich dem Authentizitätswahn anheimfiel. Er schüttelte nur noch den Kopf.
Aber du bist doch auch für die Wirklichkeit, sagte ich trotzig.
Weil sie ohnehin da ist. Und uns nicht ablenken sollte vom Wesentlichen – von all dem, was in der Welt drin ist für uns, was man in ihr machen kann, sagte er demonstrativ gelassen. Warum kannst du das Gegebene nicht einfach akzeptieren? Das ist doch nicht praktisch. Vor allem für mich nicht. Denn sonst stellt sich am Ende noch jemand die Frage, ob die Wirklichkeit, die er oder sie wahrnimmt, ihre eigene Wirklichkeit ist oder meine Wirklichkeit. Er grinste geheimnisvoll und tat überlegen. Dabei brannte er doch nur darauf zu bekennen, ich kannte das nur zu gut, er konnte sich nicht zurückhalten, auch wenn er damit alles verriet: Weißt du, ich habe einige interessante Kurse gemacht. Man ist dem Ganzen ja nicht hilflos ausgeliefert. All diesen Zumutungen. Da lässt sich etwas gestalten. Kleine Manipulationen hier, kleine Manipulationen da, ganz klein – ich kann dich zum Beispiel, ganz einfaches

Beispiel, zwingen, mich zu mögen, mir zu verfallen, ohne dass du es merkst. Irgendwann kann ich dir alles erzählen, und du wirst es glauben. Die Methode ist perfekt. Vielleicht braucht es hier und da noch einen kleinen Vorwand – aber nun stutzte er: Vorwand? Wozu Vorwände? Dann fing er sich: Niemand kann sich meinem Willen entziehen und meinen Ansichten, sogar meinen Ausdrucksformen. Nach und nach wirst du dich mir anpassen. Na, und wer so was schafft, der lässt sich doch nicht mehr auf die Mühsal empirischer Studien ein!

Ich nickte vage und versuchte, meine Verwirrung mit einem unverbindlichen Lächeln zu kaschieren; meine Verwirrung darüber, dass ich jetzt erst bemerkte, wie er sich während unseres Gesprächs verwandelt hatte. In Haltung und Gestik hatte er sich mir mehr und mehr angenähert, sogar im Geruch, und nun sah er auch noch aus wie ich. Wir waren kaum noch zu unterscheiden, wie mir ein Blick in den Spiegel über der Bar verriet. Erstaunlicherweise stand es ihm nicht schlecht. Doch das konnte ich ihm nicht sagen. Ich hatte das eigentlich gar nicht gewollt. Es hatte sich ergeben; im Grunde hatte er sich selbst hineingeredet. Doch ob er diese harte Wahrheit ertragen würde, bezweifelte ich. Also versuchte ich ihn davor zu bewahren, ebenfalls in den Spiegel zu schauen. Zur Ablenkung plauderte ich ungezwungen vor mich hin. Versuch mich zu verstehen, sagte ich. Schließlich gibt es mich in Wirklichkeit nicht. Drei Tanten haben sich gemeinsam hingesetzt und sich etwas ausgedacht, da konnte nichts Gutes entstehen. Eine Zeitlang hat ihnen das Spaß gemacht, aber schließlich hatten sie genug von mir, und so haben sie mich aufs Internat geschickt, obwohl es mich gar nicht gab; doch irgendeine Lösung musste her.

Meine Stimme hallte seltsam, und erst jetzt fiel mir auf, dass sie aus dem kleinen Radio kam. Dieses Grauen, die eigene Stimme zu hören – in der Öffentlichkeit! Es ist entsetzlich, was man in solchen Live-Hörspielen alles sagt. Da konnte mich die Erkenntnis, dass unser Gespräch, die ganze unangenehme Situation nur gestellt war, nur bedingt trösten. Denn schließlich musste ich mir das selbst eingebrockt haben, und alle wussten es. Und es gab kein Entrinnen. Ich blieb gefangen in meinem selbstgesteckten Rahmen, denn die Radiosendung ging weiter, erbarmungslos, ich musste weitersprechen, musste reden, musste schreien, ich schrie: Ich will da raus – ich kann nicht länger, ich will weg! Weg! Weg! Dann klang meine Stimme wieder nüchtern und routiniert, nur ein wenig traurig: Ach, wir reden hier und reden; und draußen tobt das wirkliche Leben – und tatsächlich fuhr in diesem Moment ein Polizeiwagen vor. Ich konnte ihn sehen, dort draußen, durch die Fensterscheibe. Und ich wusste gleich, dass Tante Daniela die Polizei gerufen hatte. Dort kam sie auch schon, mit den Kindern, zwei Polizistinnen näherten sich ihr, und nun sah ich meine Klassenkameradin, wie sie sich auf die Kinder stürzte, und neben ihr ein Mann, ein müder junger gutaussehender Mann – Patricks Vater? Eher der Luxemburgmann, entschied ich. Auf einmal war ich ganz ruhig.

Ich sah hinaus, dort auf den erleuchteten Hotelparkplatz, Scheinwerfer wie in einem mittelmäßigen Krimi.

Jetzt haben sie dich, sagte ich mir, und du wirst dich nicht rausreden können, denn was du diesmal gemacht hast, damit kommst du nicht durch.

Alles ist möglich, alles, wir müssen es nur richtig arrangieren. Wir haben es in der Hand, beharrte mein Gesprächspartner. Doch ich stellte mein Radio ab und ging hinaus. Schließlich war das, was sich dort draußen abspielte, meine Geschichte. Das hatte ich mir eingebrockt, dem konnte ich nicht entkommen. Wo Polizei ist, da wird es ernst, da gelten keine Ausflüchte mehr, das weiß man, das kennt man aus dem Fernsehen. Es gibt kaum etwas Wirklicheres als die Polizei. Und so empfing mich vor der Tür auch gleich das pralle Leben. Alle redeten durcheinander. Das kleine Mädchen hing auf dem Arm ihrer Mutter und erzählte, was es erlebt hatte, der Junge fiel ihr ins Wort, erklärte, wie es wirklich war; und nach kurzem Protest stimmte das Mädchen ihm eifrig zu. Die Polizistinnen befragten Tante Daniela.

Niemand beachtete mich. Das ist nur die Müdigkeit, sagte ich mir, die dir jetzt dieses Gefühl vermittelt, du wärst nicht mittendrin, die dich wie abgeschnitten vom Geschehen sein lässt; dabei bist du doch in Wirklichkeit die Hauptperson. Alles dreht sich um dich, das wissen sie doch. Sie tun sicher nur so, als würden sie dich ignorieren; nur damit du dich verrätst. Ja, darauf warten sie. In Wirklichkeit wirst du jeden Moment verhaftet werden, und dann hat das alles ein Ende. Und mein großer Auftritt als Verbrecherin beginnt. Was das für Aufsehen erregen wird! Mit solchen Aktionen – echter als jede Kunstanstrengung – lassen sich schließlich noch ganz andere Publikumsschichten erreichen.

Stattdessen musste ich mit ansehen, wie Tante Daniela meine Handschellen bekam. Von Anfang an war sie mir unsympathisch gewesen; aber, nun gut, sollte sie ihre Erfahrungen machen, ein kleines Verhör, ein paar Stunden Untersuchungshaft würden ihre Biografie nur mäßig interessanter gestalten. Doch sie gab sich kaum Mühe, ihren Triumph zu verbergen, und rechtfertigte ihre gute Laune mit unglaubwürdigen Platitüden wie: Ich war die Kleinen schon leid. Und natürlich ist es eine Erleichterung; endlich ist alles vorbei.

Diese junge Frau hat sich also bei Ihnen als Au-pair beworben?, fragte eine Polizistin meine Klassenkameradin.

Ja, und wir haben sie nicht genommen, weil wir nicht begriffen haben, was sie bei uns wollte: ein deutsches Au-pair-Mädchen in Bonn? Und noch dazu ein Au-pair-Mädchen mit so einer Qualifikation? Sie war perfekt.

Die will sich doch nur interessant machen, brüllte ich nun.
Ja, ein anderes Motiv können wir auch nicht erkennen, sagte ein Polizist.
Aber sie hat doch kein Motiv, diese falsche Zeugin, diese – ich bin doch die; ich war's! Ich war's!, schrie ich endlich. Und ich habe Beweise! Hier, dieses kleine Aufnahmegerät trage ich immer mit mir; wenn Sie einen Moment Zeit haben –
Keine Presse. Keine Berichte. Bitte, lassen Sie uns in Ruhe arbeiten, herrschte eine Polizistin mich an.
Dadurch wurde wenigstens meine Klassenkameradin auf mich aufmerksam. Sie schenkte mir ein mildes Lächeln: Ach, und du hast also versucht, sie zurückzuholen? Bist hinterhergereist? Hast Heldin spielen wollen? Auf eigene Faust? Das geht doch nicht so. Dennoch hätte sie mich wohl umarmt, wenn ihre Arme nicht voller Kinder gewesen wären. Doch auch sie ignorierten mich. Der einzige, der sich von mir verabschiedete, war Patrick.
Mir war übel. Ich stieg in das erste Taxi, das auf dem Parkplatz stand.
Ich kenne die Adresse, sagte der Fahrer. Sein Anblick konnte mich nun nicht mehr erschüttern; auch sein T-Shirt nicht. *Trop évident pour être vrai*; welcher Taxifahrer trug schon so einen Spruch auf der Brust.
Seit wann fährst du Taxi?, fragte ich.
Seit mich niemand mehr bezahlt.
Darum geht es also, sagte ich, und sofort waren wir wieder in unseren alten Streitereien. So als gäbe es keine Polizei auf der Welt; und ganz so, als hätten wir uns nie getrennt. Aber du hast Geld von mir bekommen, rief ich, solange du für mich gearbeitet hast. Und noch nicht meine Tanten um mehr angebettelt hast. Das war doch peinlich – der falsche Anlass, der falsche Ort – ich wäre fast versunken. Du hast mir die ganze Beerdigung verdorben!

Er blieb ruhig: Das ist mir nicht entgangen. Auch wenn ich es nach wie vor übertrieben finde, dass du dich sofort von mir getrennt hast, ohne auch nur einmal meine Position anzuhören. Ich musste die Chance nutzen, mit deinen übriggebliebenen Tanten zu reden. Schließlich konnte ich nicht ahnen, dass ihnen jedes Verständnis fehlen würde.
Ja, sagte ich, Tante Agnes hat dich immerhin bezahlt. Ich war ungerecht zu ihr, ich habe überreagiert, als ich das mitbekommen habe, das alles auf einmal. Wie konnte sie sich auch so in mein Privatleben einmischen! Aber sie hätte nun eben alles für mich getan, alles, außer es auch zuzugeben. Und deshalb muss ich jetzt nach Antwerpen, ich bin es Tante Agnes schuldig – das heißt, deshalb wollte ich nach Antwerpen. Denn jetzt geht das nicht mehr. Die Polizei wird gleich an mein Autofenster klopfen, das Missverständnis muss sich jeden Moment aufklären. Sobald sie die Kinder befragen –
Ach, Kinder sind leicht zu manipulieren, sagte er. Weißt du was, ich schlage vor, wir fahren jetzt aus Stuttgart raus – und schon fuhr er, und niemand hielt uns auf –, mieten uns in einer netten Pension ein, wo wir in Ruhe das Schulorchestertreffen vorbereiten können. Und danach wäre ein längerer Aufenthalt in Südamerika vielleicht vorsichtshalber doch nicht schlecht. Zufällig hast du dort ja ohnehin Termine.
Aber so schnell gab ich nicht auf: Ich muss endlich die Konsequenzen meines Handelns begreifen lernen!
Ja, dann zieh die Konsequenzen, aber komm jetzt mit zum Schulorchester; es ist dein Hörspiel. Und dann nach Quito.
Aber meine Tanten, quiekte ich; denn so war das mit meinen Tanten auch immer gewesen. Mein Leben lang hatten sie mich auf das wirkliche Leben vorbereitet, hatten beteuert, ich müsse lernen, dass meine Handlungen Konsequenzen hätten; und dann bügelten sie doch alles für mich aus. Aber manche Dinge haben einfach Folgen, beteuerte ich.

Er nickte: Deshalb hast du auch eine Hörspieleinladung nach Quito bekommen. Ich dachte, das sieht weniger verdächtig aus.
Gut, sagte ich und atmete tief durch, du hast also gedacht, ihr habt alles von Anfang an für mich geplant. Du – und Daniela? Du und Daniela?
Er starrte stur nach vorn auf die Fahrbahn: Man muss nicht alles wissen.
Hat sie sich wirklich vor Wochen schon um eine Au-pair-Stelle dort beworben?
In Wirklichkeit, sagte er, haben sie sie dort nur rausgeschmissen, weil sie bei ihnen die Festplatte durchsucht hat.
Ich war fassungslos: Da fährst du Taxi, aber stellst Leute an.
Es steckt eben in mir, sagte er. Zuverlässige Ergebnisse rechtfertigen jeden Aufwand.
Also gut, sagte ich, kommen wir zum Geschäft. Gibt es diesen Gegenverein?
Soweit ich weiß, gibt es nur den Gegenverein. Wenn überhaupt.
Gibt es ihn?
Was weiß ich? Das war nur so eine Idee.
Ich hab hier die Ideen!, stellte ich klar. Hast du vor, sie aus dem Gefängnis rauszuholen?
Oh, sie arbeitet auf eigenes Risiko.
Findest du es nicht fies, ihren Wirklichkeitshunger so zu missbrauchen –
Jetzt hör mal zu: sie ist da, wo sie hinwollte. Mitten im Leben. In der Scheiße.
Der Zettel aus ihrem Terminkalender fiel mir ein. In meiner Hosentasche fand ich ihn noch: Kirchenaustritt nicht vergessen, hatte ich tatsächlich daraufgeschrieben. Danielas Botschaft auf der Rückseite war mir dabei gar nicht aufgefallen.
Was steht darin?

Eine Erklärung, sagte ich.
Er schwieg. Dichter Straßenverkehr forderte seine Aufmerksamkeit.
Bald werden sie alle wieder unterwegs sein, wie die Lemminge zum Klassentreffen.
Na, das hoffe ich doch, sagte er.
Oder in den Urlaub, um nicht zum Klassentreffen zu müssen.
Sehen wir mal, sagte er. Das Schulorchester hat viele angesprochen, ich mochte die Idee ja auch von Anfang an.
Aber warum musstest du dich mit diesen Leuten einlassen?
Den Obdachlosenzeitungsverkäufer hattest du doch beauftragt. Nachdem du so plötzlich umgezogen warst, fiel mir zwangsläufig seine Begabung, Leute aufzuspüren, wieder ein.
Tja, man wird ihn schlecht los, sagte ich, das ist das Problem mit ihm.
Da stimmte er mir zu: Und nicht nur mit ihm.
Apropos, sagte ich, halt doch mal bitte an. Mir ist schlecht. Und dann, bitte, bitte, nimm das zum Anlass und schmeiß mich raus – raus aus diesem Wagen und aus deinem Leben. Bitte! Sobald mich jemand ernst nimmt oder gar behauptet, mich zu lieben, muss ich was Pathologisches vermuten – das ist ja auch meiner Tante Agnes zum Verhängnis geworden.
Ach, bitte, sagte er. Erstens gibt es deine Tanten nicht. Zweitens weißt du gar nicht, wie ernst ich dich nehme. Und drittens kannst du nicht gegen alles Pathologische vorgehen. Was soll da übrigbleiben? Das kann's doch wohl nicht sein. Und hör bitte auf mich zu begrabschen und zu küssen. Ich muss autofahren. Außerdem macht es deine Ausführungen nicht überzeugender.
Mir war schlecht, und mir wurde durch den Fahrstil immer schlechter. Ich konnte nicht fassen, was sich da in mir regte.
Allmählich wird es doch ernst, sagte ich, mit möglichst wenig billigem Triumph in der Stimme.

Warum denkst du dir nicht einfach mal ein Happy End aus?, fragte er.
Soll ich darüber lachen?, fragte ich.
Zum Beispiel, schlug er vor.
Was verstehst du darunter? Und wie soll das aussehen? Dass ich mir so was von dir vorschreiben lasse? Tante Agnes, weißt du, die hat mich auch immer um einen guten Ausgang gebeten. Aber dazu hatte ich sie nicht erfunden.
Sie ist tot, sagte er.
Das macht es noch schlimmer.
Überleg dir's, sagte er. Und er bremste und fuhr an den Straßenrand.
In der Dämmerung erschienen zwei Gestalten. Meine Tanten, mit einem großen Koffer auf dem Weg zur Bushaltestelle. Sie trugen Reisekleidung, zumindest wusste ich in dem Moment, als ich sie sah, dass sie selbst ihre Ausstattung als Reisekleidung bezeichnet hätten: weite Hosen und enge Westen. Herrenhüte auf dem Kopf. Tante Barbara trug zudem ein keckes T-Shirt mit der Aufschrift *Ist der Ruf erst ruiniert...* Ach, wie schade, rief sie, dass du ausgerechnet jetzt kommst. Wir hätten dich so gern wieder einmal ausführlicher gesprochen, aber wir wollen nach Antwerpen fahren, endlich geht das ja, also nehmen wir den Abendzug, wir haben reserviert.
So ein Zufall, hätte ich daraufhin fast gesagt, begnügte mich aber damit zu erwähnen, dass ich daran auch schon einmal gedacht hätte.
Wirklich?
Ja, wo Tante Agnes es doch nicht mehr kann; sie wollte doch immer –
Ja, ja, das hat sie behauptet. Sie hat immerzu davon geredet, aber nur um in Wirklichkeit nicht mit uns nach Antwerpen fahren zu müssen. Nein, sie wollte da nicht hin, auf gar keinen Fall. Sonst hätte sie nie soviel davon geredet.

Tante Cecilie war gleich mit einigen harten Worten wie Lustangst und Vermeidungsneurose zur Hand.
Unter allen möglichen Vorwänden hat sie sich von Antwerpen ferngehalten, sagte Tante Barbara. Und was hätte sie dort auch zu suchen gehabt.
An van Dyck zumindest lag ihr nichts, sagte Tante Cecilie.
Dabei lag alles, alles!, rief Tante Barbara, in dem van Dyck, vor dem unsere Eltern sich kennengelernt haben. Sie haben sich vor einem Bild getroffen, sie sind beide dort stehengeblieben und haben das Bild angeschaut, irgendein van Dyck –
Oh, nicht irgendeiner, warf Tante Cecilie ein, sondern dieses Doppelporträt –
Von einer fülligen Dame mit ihrer Nichte.
Oder Tochter? Nun war sich auch Tante Cecilie nicht sicher.
Darauf kommt es nicht an, bestimmte Tante Barbara. Wichtig ist nur, dass sie das Bild betrachtet haben und dann einander, um schließlich gemeinsam weiterzugehen und für den Rest ihres Lebens zusammenzubleiben. Dabei war unser Vater in Wirklichkeit zunächst nur bezaubert von dem Mädchen auf dem Bild. Er hat Jahrzehnte gebraucht, bis er das herausgefunden hat, so sehr haben sie sich geliebt.
Ja, sagte Tante Barbara, ihre Beziehung war, wie du weißt, so innig, dass sie am Ende nur aus Zufall von einem ganz anderen Mann überfahren wurde.
Deshalb hat sich Tante Agnes nie dorthin getraut, schrie nun Tante Cecilie fast, nur deshalb!
Das war natürlich blanker Aberglaube. So eine Liebe gibt es ohnehin nicht noch einmal, fasste Tante Barbara ruhiger zusammen.
Und außerdem hängt dieses Bild in Wirklichkeit in Brüssel, sagte Tante Cecilie. Jahrzehntelang hat sie die falsche Stadt gemieden. Was für ein vertanes Leben.
Ach, Tante Agnes wäre einfach gern eine Frau mit einem Ge-

heimnis gewesen. Dafür habe ich Verständnis, sagte ich nun so gelassen, dass mich meine Stimme selbst schockierte.
Tante Barbara lachte kurz auf: Na schön. Aber würdest du bitte auch mal uns verstehen? Davon hättest du ohnehin viel mehr. Wir sind schließlich noch nicht tot. Auch wenn ich manchmal denke – sag mal, machst du dir eigentlich klar, wie gering unser Handlungsspielraum ist? Wir sind so festgelegt, immer ist alles vorgeschrieben; dabei sind wir in Wirklichkeit gar nicht so. Und ihr Gesicht verzog sich zu süßer Herzlichkeit: Aber du? Was hast du hier zu suchen? Bist du etwa, und Hoffnung belebte Tante Barbaras Züge, doch einmal auf der Reise zu einem Klassentreffen? Weißt du, das macht keinen guten Eindruck, wenn du dich immer entziehst.
Nein, nein, ich bin nur wegen euch hier, bedauerte ich, ich hatte zufällig eine Mitfahrt. Ich deutete auf mein Taxi. Und natürlich hatte ich gehofft, bei euch an meiner Studie arbeiten zu können; irgendwann will ich sie ja doch fertigstellen, so wenig sie sich wirklich abschließen lässt –
Ach, lass dir Zeit, schlug Tante Cecilie vor. Es gibt noch so viele andere Dinge, denen du dich auch mal wieder widmen könntest. Von uns war schon länger nichts mehr zu hören. Dabei strengen wir uns an, was wir uns alles für Eskapaden ausdenken; aber wenn niemand davon erfährt, ist doch alles für die Katz.
Aber wir sind die letzten, die dich drängen, rief Tante Barbara. Wir können das verstehen, diese Angst, etwas niederzuschreiben, was nicht genau recherchiert ist, was am Ende gar nicht zutrifft –
Doch ich hatte nur Angst vor dem, was alles zutreffen würde, wenn es erst einmal geschrieben war. Und so lenkte ich meine Tanten lieber ab: Gut, vielleicht, sagte ich, findet zufällig auch mal wieder ein Klassentreffen statt; mal schauen. Genug Blockflöten habe ich dabei. Für alle Fälle. Mir war schlecht.

Tante Barbara kniff die Augen zusammen und schüttelte den Kopf: Warum fährt nur dein Taxi nicht fort?
Mein Freund, sagte ich, er verfolgt mich.
Sie lachte über den Witz: Ach, glaubst du immer noch deine eigenen Lügen. Gib doch zu, dass es den Mann nie gegeben hat. Agnes hat ihn für dich bezahlt; wir hoffen, du bist über die Enttäuschung hinaus – aber du musst doch irgendwann in der Wirklichkeit ankommen.
Natürlich wusste ich das: Doch auch er muss leben.
Na, wenn er denn wirklich lebt. Sie schielte zum Taxi.
Er soll das Gefühl haben dürfen, sein Geld selbst zu verdienen, bat ich sie.
Dann soll er Taxifahren. Mit Privatdetektiven, sagte meine Tante Barbara scharf, darf man sich nicht einlassen. Auch wenn man sie selbst bezahlt. Die finden immer etwas heraus. Sonst sind sie ihr Geld nicht wert.
Sie zupfte mir ein Stückchen Kreppklebeband vom T-Shirt. Die Buchstaben *ich* waren darauf zu lesen; von welchem Wort sie abgerissen waren, ließ sich nicht mehr feststellen.
Meine Tanten wussten, wie weit sie gehen konnten, sie wussten, dass ein wichtiges Klassentreffen anstand, und dennoch schlugen sie mir vor, mit ihnen nach Antwerpen zu fahren. Auch ohne Reservierung müsse das machbar sein, mit einem Extrabett in ihrem Hotelzimmer könnten wir es uns zusammen gemütlich machen. Nur für drei Tage.
Es muss ja keine vollständige Hörspielfolge werden, schlug Tante Cecilie vor – und sah dabei aus, als wollte sie mich dafür noch ein andermal verschleppen –, aber zumindest könntest du ein bisschen über uns erzählen. Und fast hätten sie mich auch soweit gebracht. Doch je länger sie auf mich einredeten und je weiter sie mich von meinem Taxi wegzuziehen versuchten, desto deutlicher spürte ich, wie wenig das alles stimmte.
Nach Antwerpen konnte ich nicht mehr, nicht jetzt, nicht mit

den beiden. Ich fühlte mich müde. Ich brauchte meine Ruhe.
Ich bin schwanger, sagte ich.
Aber das war nur ein Vorwand.

Umschlag: & Co
Layout + Satz: AD
Herstellung: Finidr s. r. a.

ISBN 978-3-85420-748-1

Literaturverlag Droschl A-8043 Graz Stenggstraße 33
www.droschl.com